suhrkamp taschenbuch 116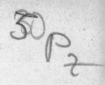

Hermann Hesse, am 2. Juli 1877 in Calw/Württemberg als Sohn eines baltendeutschen Missionars geboren, starb am 9. August 1962 in Montagnola bei Lugano. Das Werk Hermann Hesses, ausgezeichnet mit dem Nobelpreis 1946, erscheint im Suhrkamp Verlag.

Hermann Hesse, dessen Bücher in den USA in einer Gesamtauflage von über 6, in Japan von über 4 Millionen Exemplaren verbreitet sind, ist dort der meistgelesene europäische Autor. Mit Übersetzungen in 35 Sprachen und 12 indische Dialekte finden seine Schriften nun bereits in der dritten Generation junger Leser eine beispiellose Resonanz.

Die Novelle *Klein und Wagner* ist einer der Höhepunkte der Prosa Hermann Hesses. 1919, nach vierjähriger, durch freiwillige Gefangenenfürsorge selbst auferlegter, fast völliger schriftstellerischer Abstinenz (nur der pseudonyme *Demian* und die anonym veröffentlichte politische Flugschrift *Zarathustras Wiederkehr* entstanden um diese Zeit) und nach der Trennung von Familie und Wohnsitz erfolgte die vehemente Niederschrift von *Klein und Wagner*. Friedrich Klein, der ehrbare Beamte, treusorgende Ehegatte und Familienvater durchbricht plötzlich, belastet mit einem imaginären Verbrechen, dem vierfachen Mord an Frau und Kindern, mit falschem Paß, einem Revolver und unterschlagenem Geld in der Tasche, seine hausbackene Respektabilität. Die Figur des Beamten Klein mit dem beziehungsreichen Decknamen Wagner ist eine erste Inkarnation von Hesses *Steppenwolf*. Nach dem Erscheinen schrieb Klabund: »Die Technik arbeitet stellenweise fast wissenschaftlich exakt: im Traum des Klein und Wagner z. B. — mit den jüngsten psychologischen Erkenntnissen, wie sie etwa C. G. Jung in seiner ›*Psychologie der unbewußten Prozesse*‹ vermittelt hat. Ich bewundere Hermann Hesse, daß er, ein Mann in den Vierzigern, es aus eigenster Kraft über sich gebracht hat, noch einmal von vorn anzufangen, noch einmal ein neuer, ein junger Mensch zu werden. Er hat mit einem entschiedenen Ruck sein altes Gewand von sich abgeworfen. Er hat den Mut, neu zu beginnen, eingedenk des alten Tao-Wortes, daß der Weg, nicht das Ziel den Sinn des Lebens mache.

Hermann Hesse
Klein und Wagner

Novelle

Suhrkamp

suhrkamp taschenbuch 116
Erste Auflage 1973
Aus Band 3 der ›Gesammelten Dichtungen‹
Copyright 1952 by Suhrkamp Verlag
Frankfurt am Main
Suhrkamp Taschenbuch Verlag
Druck: Ebner, Ulm · Printed in Germany
Umschlag nach Entwürfen
von Willy Fleckhaus und Rolf Staudt

Klein und Wagner

1

Im Schnellzug, nach den raschen Handlungen und Aufregungen der Flucht und der Grenzüberschreitung, nach einem Wirbel von Spannungen und Ereignissen, Aufregungen und Gefahren, noch tief erstaunt darüber, daß alles gut gegangen war, sank Friedrich Klein ganz und gar in sich zusammen. Der Zug fuhr mit seltsamer Geschäftigkeit — nun wo doch keine Eile mehr war — nach Süden und riß die wenigen Reisenden eilig an Seen, Bergen, Wasserfällen und andern Naturwundern vorüber, durch betäubende Tunnels und über sanft schwankende Brücken, alles fremdartig, schön und etwas sinnlos, Bilder aus Schulbüchern und aus Ansichtskarten, Landschaften, die man sich erinnert einmal gesehen zu haben, und die einen doch nichts angehen. Dieses war nun die Fremde, und hierher gehörte er nun, nach Hause gab es keine Rückkehr. Das mit dem Geld war in Ordnung, es war da, er hatte es bei sich, alle die Tausenderscheine, und trug es jetzt wieder in der Brusttasche verwahrt.

Den Gedanken, daß ihm jetzt nichts mehr geschehen könne, daß er jenseits der Grenze und durch seinen falschen Paß vorläufig vor aller Verfolgung gesichert sei, diesen angenehmen und beruhigenden Gedanken zog er zwar immer wieder hervor, voll Verlangen, sich an ihm zu wärmen und zu sättigen; aber dieser hübsche Gedanke war wie ein toter Vogel, dem ein Kind in die Flügel bläst. Er lebte nicht, er tat kein Auge auf, er fiel einem wie Blei aus der Hand, er gab keine Lust, keinen Glanz, keine Freude her. Es war seltsam, es war ihm dieser Tage schon mehrmals aufgefallen: er konnte durchaus nicht denken, an was er wollte, er hatte keine Verfügung über seine Gedanken, sie liefen wie sie wollten, und sie verweilten trotz seinem Sträuben mit Vorliebe bei Vorstellungen, die ihn quälten. Es war, als sei sein Gehirn ein Kaleidoskop, in dem der Wechsel der Bilder von einer fremden Hand geleitet wurde. Vielleicht war es nur die lange Schlaflosigkeit und Erregung, er war ja auch schon längere Zeit nervös. Jedenfalls war es häßlich, und wenn es nicht bald gelang, wieder etwas Ruhe und Freude zu finden, war es zum Verzweifeln.

Friedrich Klein tastete nach dem Revolver in seiner Manteltasche. Das war auch so ein Stück, dieser Revolver, das zu seiner neuen Ausrüstung und Rolle und Maske gehörte. Wie war es im Grunde lästig und ekelhaft, all das mit sich zu schleppen und bis in den dünnen, vergifteten Schlaf hinein bei sich zu tragen, ein Verbrechen, gefälschte Papiere, heimlich eingenähtes Geld, den Revolver, den falschen Namen. Es schmeckte so nach Räubergeschichten, nach einer schlechten Romantik, und es paßte alles so gar nicht zu ihm, zu Klein, dem guten Kerl. Es war lästig und ekelhaft, und nichts von Aufatmen und Befreiung dabei, wie er es erhofft hatte.

Mein Gott, warum hatte er eigentlich das alles auf sich genommen, er, ein Mann von fast vierzig Jahren, als braver Beamter und stiller harmloser Bürger mit gelehrten Neigungen bekannt, Vater von lieben Kindern? Warum? Er fühlte: ein Trieb mußte dagewesen sein, ein Zwang und Drang von genügender Stärke, um einen Mann wie ihn zu dem Unmöglichen zu bewegen — und erst wenn er das wußte, wenn er diesen Zwang und Trieb kannte, wenn er wieder Ordnung in sich hatte, erst dann war etwas wie Aufatmen möglich.

Heftig setzte er sich aufrecht, drückte die Schläfen mit den Daumen und gab sich Mühe zu denken. Es ging schlecht, sein Kopf war wie von Glas, und ausgehöhlt von

Aufregungen, Ermüdung und Mangel an Schlaf. Aber es half nichts, er mußte nachdenken. Er mußte suchen, und mußte finden, er mußte wieder einen Mittelpunkt in sich wissen und sich selber einigermaßen kennen und verstehen. Sonst war das Leben nicht mehr zu ertragen.

Mühsam suchte er die Erinnerungen dieser Tage zusammen, wie man kleine Porzellanscherben mit einer Pinzette zusammenpickt, um den Bruch an einer alten Dose wieder zu kitten. Es waren lauter kleine Splitter, keiner hatte Zusammenhang mit den andern, keiner deutete durch Struktur und Farbe aufs Ganze. Was für Erinnerungen! Er sah eine kleine blaue Schachtel, aus der er mit zitternder Hand das Amtssiegel seines Chefs herausnahm. Er sah den alten Mann an der Kasse, der ihm seinen Scheck mit braunen und blauen Banknoten ausbezahlte. Er sah eine Telephonzelle, wo er sich, während er ins Rohr sprach, mit der linken Hand gegen die Wand stemmte, um aufrecht zu bleiben. Vielmehr er sah nicht sich, er sah einen Menschen dies alles tun, einen fremden Menschen, der Klein hieß und nicht er war. Er sah diesen Menschen Briefe verbrennen, Briefe schreiben. Er sah ihn in einem Restaurant essen. Er sah ihn — nein, das war kein Fremder, das war er, das war Friedrich Klein selbst! — nachts über das Bett eines schlafenden Kindes gebückt. Nein, das war er selbst gewesen! Wie weh das tat, auch jetzt wieder in der Erinnerung! Wie weh das tat, das Gesicht des schlafenden Kindes zu sehen und seine Atemzüge zu hören und zu wissen: nie mehr würde man diese lieben Augen offen sehen, nie mehr diesen kleinen Mund lachen und essen sehen, nie mehr von ihm geküßt werden. Wie weh das tat! Warum tat jener Mensch Klein sich selber so weh?

Er gab es auf, die kleinen Scherben zusammenzusetzen. Der Zug hielt, ein fremder großer Bahnhof lag da, Türen schlugen, Koffer schwankten am Wagenfenster vorüber, Papierschilder blau und gelb riefen laut: Hotel Milano —

Hotel Kontinental! Mußte er darauf achten? War es wichtig? War eine Gefahr? Er schloß die Augen und sank eine Minute lang in Betäubung, schreckte sofort wieder auf, riß die Augen weit auf, spielte den Wachsamen. Wo war er? Der Bahnhof war noch da. Halt — wie heiße ich? Zum tausendstenmal machte er die Probe. Also: Wie heiße ich? Klein. Nein, zum Teufel! Fort mit Klein, Klein existierte nicht mehr. Er tastete nach der Brusttasche, wo der Paß steckte.

Wie war das alles ermüdend! Überhaupt — wenn man wüßte, wie wahnsinnig mühsam es ist, ein Verbrecher zu sein — —! Er ballte die Hände vor Anstrengung. Das alles hier ging ihn ja gar nichts an, Hotel Milano, Bahnhof, Kofferträger, das alles konnte er ruhig weglassen — nein, es handelte sich um anderes, um Wichtiges. Um was?

Im Halbschlummer, der Zug fuhr schon wieder, kam er zu seinen Gedanken zurück. Es war ja so wichtig, es handelte sich ja darum, ob das Leben noch länger zu ertragen sein würde. Oder — war es nicht einfacher, dem ganzen ermüdenden Unsinn ein Ende zu machen? Hatte er denn nicht Gift bei sich? Das Opium? — Ach nein, er erinnerte sich, das Gift hatte er ja nicht bekommen. Aber er hatte den Revolver. Ja richtig. Sehr gut. Ausgezeichnet.

«Sehr gut» und «ausgezeichnet» sagte er laut vor sich hin und fügte mehr solche Worte hinzu. Plötzlich hörte er sich sprechen, erschrak, sah in der Fensterscheibe sein entstelltes Gesicht gespiegelt, fremd, fratzenhaft und traurig. Mein Gott, schrie er in sich hinein, mein Gott! Was tun? Wozu noch leben? Mit der Stirn in dies bleiche Fratzenbild hinein, sich in diese trübe blöde Scheibe stürzen, sich ins Glas verbeißen, sich am Glase den Hals abschneiden. Mit dem Kopf auf die Bahnschwelle schlagen, dumpf und dröhnend, von den Rädern der vielen Wagen aufgewickelt werden, alles zusammen, Därme und Hirn, Knochen und Herz, auch die Augen — und auf den

Schienen zerrieben, zu Nichts gemacht, ausradiert. Dies war das einzige, was noch zu wünschen war, was noch Sinn hatte.

Während er verzweifelt in sein Spiegelbild starrte, mit der Nase ans Glas stieß, schlief er wieder ein. Vielleicht Sekunden, vielleicht Stunden. Hin und her schlug sein Kopf, er öffnete die Augen nicht.

Er erwachte aus einem Traum, dessen letztes Stück ihm im Gedächtnis blieb. Er saß, so träumte ihm, vorn auf einem Automobil, das fuhr rasch und ziemlich waghalsig durch eine Stadt, bergauf und -ab. Neben ihm saß jemand, der den Wagen lenkte. Dem gab er im Traum einen Stoß in den Bauch, riß ihm das Steuerrad aus den Händen und steuerte nun selber, wild und beklemmend über Stock und Stein, knapp an Pferden und an Schaufenstern vorbei, an Bäume streifend, daß ihm Funken vor den Augen stoben.

Aus diesem Traum erwachte er. Sein Kopf war freier geworden. Er lächelte über die Traumbilder. Der Stoß in den Bauch war gut, er empfand ihn freudig nach. Nun begann er den Traum zu rekonstruieren und über ihn nachzudenken. Wie das an den Bäumen vorbei gepfiffen hatte! Vielleicht kam es von der Eisenbahnfahrt? Aber das Steuern war, bei aller Gefahr, doch eine Lust gewesen, ein Glück, eine Erlösung! Ja, es war besser, selber zu steuern und dabei in Scherben zu gehen, als immer von einem andern gefahren und gelenkt zu werden.

Aber — wem hatte er eigentlich im Traum diesen Stoß gegeben? Wer war der fremde Chauffeur, wer war neben ihm am Steuer des Automobils gesessen? Er konnte sich an kein Gesicht, an keine Figur erinnern — nur an ein Gefühl, eine vage dunkle Stimmung ... Wer konnte es gewesen sein? Jemand, den er verehrte, dem er Macht über sein Leben einräumte, den er über sich duldete, und den er doch heimlich haßte, dem er doch schließlich den Tritt in den Bauch gab! Vielleicht sein Vater? Oder einer seiner Vorgesetzten? Oder — oder war es am Ende —?

Klein riß die Augen auf. Er hatte ein Ende des verlorenen Fadens gefunden. Er wußte alles wieder. Der Traum war vergessen. Es gab Wichtigeres. Jetzt wußte er! Jetzt begann er zu wissen, zu ahnen, zu schmecken, warum er hier im Schnellzug saß, warum er nicht mehr Klein hieß, warum er Geld unterschlagen und Papiere gefälscht hatte. Endlich, endlich!

Ja, es war so. Es hatte keinen Sinn mehr, es vor sich zu verheimlichen. Es war seiner Frau wegen geschehen, einzig seiner Frau wegen. Wie gut, daß er es endlich wußte!

Vom Turme dieser Erkenntnis aus meinte er plötzlich weite Strecken seines Lebens zu überblicken, das ihm seit langem immer in lauter kleine, wertlose Stücke auseinandergefallen war. Er sah auf eine lange durchlaufene Strecke zurück, auf seine ganze Ehe, und die Strecke erschien ihm wie eine lange, müde, öde Straße, wo ein Mann allein im Staube sich mit schweren Lasten schleppt. Irgendwo hinten, unsichtbar jenseits des Staubes, wußte er leuchtende Höhen und grüne rauschende Wipfel der Jugend verschwunden. Ja, er war einmal jung gewesen, und kein Jüngling wie alle, er hatte große Träume geträumt, er hatte viel vom Leben und von sich verlangt. Seither aber nichts als Staub und Lasten, lange Straße, Hitze und müde Knie, nur im vertrocknenden Herzen ein verschlafenes, alt gewordenes Heimweh lauernd. Das war sein Leben gewesen. Das war sein Leben gewesen.

Er blickte durchs Fenster und zuckte erstaunt zusammen. Ungewohnte Bilder sahen ihn an. Er sah plötzlich aufzuckend, daß er im Süden war. Verwundert richtete er sich auf, lehnte sich hinaus, und wieder fiel ein Schleier, und das Rätsel seines Schicksals ward ein wenig klarer. Er war im Süden! Er sah Reblauben auf grünen Terrassen stehn, goldbraunes Gemäuer halb in Ruinen, wie auf alten Stichen, blühende rosenrote Bäume! Ein kleiner Bahnhof schwand vorbei, mit einem italienischen Namen, irgend etwas auf ogno oder ogna.

Soweit vermochte Klein jetzt die Wetterfahne seines Schicksals zu lesen. Es ging fort von seiner Ehe, seinem Amt, von allem, was bisher sein Leben und seine Heimat gewesen war. Und es ging nach Süden! Nun erst begriff er, warum er, mitten in Hetze und Rausch seiner Flucht, jene Stadt mit dem italienischen Namen zum Ziel gewählt hatte. Er hatte es nach einem Hotelbuch getan, anscheinend wahllos und auf gut Glück, er hätte ebensogut Amsterdam, Zürich oder Malmö sagen können. Erst jetzt war es kein Zufall mehr. Er war im Süden, er war durch die Alpen gefahren. Und damit hatte er den strahlendsten Wunsch seiner Jugendzeit erfüllt, jener Jugend, deren Erinnerungszeichen ihm auf der langen öden Straße eines sinnlosen Lebens erloschen und verlorengegangen waren. Eine unbekannte Macht hatte es so gefügt, daß ihm die beiden brennendsten Wünsche seines Lebens sich erfüllten: die längst vergessene Sehnsucht nach dem Süden, und das heimliche, niemals klar und frei gewordene Verlangen nach Flucht und Freiheit aus dem Frondienst und Staub seiner Ehe. Jener Streit mit seinem Vorgesetzten, jene überraschende Gelegenheit zu der Unterschlagung des Geldes — all das, was ihm so wichtig erschienen war, fiel jetzt zu kleinen Zufällen zusammen. Nicht sie hatten ihn geführt. Jene beiden großen Wünsche in seiner Seele hatten gesiegt, alles andre war nur Weg und Mittel gewesen.

Klein erschrak vor dieser neuen Einsicht tief. Er fühlte sich wie ein Kind, das mit Zündhölzern gespielt und ein Haus dabei angezündet hat. Nun brannte es. Mein Gott! Und was hatte er davon? Und wenn er bis nach Sizilien oder Konstantinopel fuhr, konnte ihn das um zwanzig Jahre jünger machen?

Indessen lief der Zug, und Dorf um Dorf lief ihm entgegen, fremdartig schön, ein heiteres Bilderbuch, mit allen

13

den hübschen Gegenständen, die man vom Süden erwartet und aus Ansichtskarten kennt: steinerne schön gewölbte Brücken über Bach und braunen Felsen, Weinbergmauern von kleinen Farnen überwachsen, hohe schlanke Glockentürme, die Fassaden der Kirchen bunt bemalt oder von gewölbten Hallen mit leichten, edlen Bogen beschattet, Häuser mit rosenrotem Anstrich und dickgemauerte Arkadenhallen mit dem kühlsten Blau gemalt, zahme Kastanien, da und dort schwarze Zypressen, kletternde Ziegen, vor einem Herrschaftshaus im Rasen die ersten Palmen kurz und dickstämmig. Alles merkwürdig und ziemlich unwahrscheinlich, aber alles zusammen war doch überaus hübsch und verkündete etwas wie Trost. Es gab diesen Süden, er war keine Fabel. Die Brücken und Zypressen waren erfüllte Jugendträume, die Häuser und Palmen sagten: du bist nicht mehr im Alten, es beginnt lauter Neues. Luft und Sonnenschein schienen gewürzt und verstärkt, das Atmen leichter, das Leben möglicher, der Revolver entbehrlicher, das Ausradiertwerden auf den Schienen minder dringlich. Ein Versuch schien möglich, trotz allem. Das Leben konnte vielleicht ertragen werden.

Wieder übernahm ihn die Erschlaffung, leichter gab er sich jetzt hin, und schlief, bis es Abend war und der volltönende Name der kleinen Hotelstadt ihn weckte. Hastig stieg er aus.

Ein Diener mit dem Schild «Hotel Milano» an der Mütze redete ihn deutsch an, er bestellte ein Zimmer und ließ sich die Adresse geben. Schlaftrunken taumelte er aus der Glashalle und dem Rauch in den lauen Abend.

«So habe ich mir etwa Honolulu gedacht», ging ihm durch den Kopf. Eine phantastisch unruhige Landschaft, schon beinahe nächtlich, schwankte ihm fremd und unbegreiflich entgegen. Vor ihm fiel der Hügel steil hinab, da lag unten tief geschachtelt die Stadt, senkrecht blickte er auf erleuchtete Plätze hinunter. Von allen Seiten stürzten steile spitze Zuckerhutberge jäh herab in einen See, der am Widerschein unzähliger Quailaternen kenntlich wurde. Eine Seilbahn senkte sich wie ein Korb den Schacht hinunter zur Stadt, halb gefährlich, halb spielzeughaft. Auf einigen der hohen Bergkegel glühten erleuchtete Fenster bis zum Gipfel in launischen Reihen, Stufen und Sternbildern geordnet. Von der Stadt wuchsen die Dächer großer Hotels herauf, dazwischen schwarzdunkle Gärten, ein warmer sommerhafter Abendwind voll Staub und Duft flatterte wohlgelaunt unter den grellen Laternen. Aus der wirr durchfunkelten Finsternis am See schwoll taktfest und lächerlich eine Blechmusik heran.

Ob das nun Honolulu, Mexiko oder Italien war, konnte ihm einerlei sein. Es war Fremde, es war neue Welt und neue Luft, und wenn sie ihn auch verwirrte und heimlich in Angst versetzte, sie duftete doch auch nach Rausch und Vergessen und neuen, unerprobten Gefühlen.

Eine Straße schien ins Freie zu führen, dorthin schlenderte er, an Lagerschuppen und leeren Lastfuhrwerken vorüber, dann bei kleinen Vorstadthäusern vorbei, wo laute Stimmen italienisch schrien und im Hof eines Wirtshauses eine Mandoline schrillte. Im letzten Hause klang eine Mädchenstimme auf, ein Duft von Wohllaut beklemmte ihm das Herz, viele Worte konnte er zu seiner Freude verstehen und den Refrain sich merken:

Mama non vuole, papa ne meno,
Come faremo a fare l'amor?

Es klang wie aus Träumen seiner Jugend her. Bewußtlos schritt er die Straße weiter, floß hingerissen in die warme Nacht, in der die Grillen sangen. Ein Weinberg kam, und bezaubert blieb er stehen: Ein Feuerwerk, ein Reigen von kleinen, grün glühenden Lichtern erfüllte die Luft und das duftende, hohe Gras, tausend Sternschnuppen taumelten trunken durcheinander. Es war ein Schwarm von Leuchtkäfern, langsam und lautlos geisterten sie durch die warm aufzuckende Nacht. Die sommerliche Luft und Erde schien sich phantastisch in leuchtenden Figuren und tausend kleinen beweglichen Sternbildern auszuleben.

Lange stand der Fremde dem Zauber hingegeben und vergaß die ängstliche Geschichte dieser Reise und die ängstliche Geschichte seines Lebens über der schönen Seltsamkeit. Gab es noch eine Wirklichkeit? Noch Geschäfte und Polizei? Noch Assessoren und Kursberichte? Stand zehn Minuten von hier ein Bahnhof?

Langsam wandte sich der Flüchtling, der aus seinem Leben heraus in ein Märchen gereist war, gegen die Stadt zurück. Laternen glühten auf. Menschen riefen ihm Worte zu, die er nicht verstand. Unbekannte Riesenbäume standen voll Blüten, eine steinerne Kirche hing mit schwindelnder Terrasse über dem Absturz, helle Straßen, von Treppen unterbrochen, flossen rasch wie Bergbäche in das Städtchen hinab.

Klein fand sein Hotel, und mit dem Eintritt in die überhellen nüchternen Räume, Halle und Treppenhaus schwand sein Rausch dahin, und es kehrte die ängstliche Schüchternheit zurück, sein Fluch und Kainszeichen. Betreten drückte er sich an den wachen, taxierenden Blicken des Concierge, der Kellner, des Liftjungen, der Hotelgäste vorbei in die ödeste Ecke eines Restaurants. Er bat mit schwacher Stimme um die Speisekarte, und las, als wäre er noch arm und müßte sparen, bei allen Speisen sorgfältig die Preise mit, bestellte etwas Wohlfeiles, ermunterte sich künstlich zu einer halben Flasche Bordeaux, der ihm nicht schmeckte, und war froh, als er endlich hinter verschlossener Tür in seinem schäbigen kleinen Zimmer lag. Bald schlief er ein, schlief gierig und tief, aber nur zwei, drei Stunden. Noch mitten in der Nacht wurde er wieder wach.

Er starrte, aus den Abgründen des Unbewußten kommend, in die feindselige Dämmerung, wußte nicht, wo er war, hatte das drückende und schuldhafte Gefühl, Wichtiges vergessen und versäumt zu haben. Wirr umhertastend erfühlte er einen Drücker und drehte Licht an. Das kleine Zimmer sprang ins grelle Licht, fremd, öde, sinnlos. Wo war er? Böse glotzten die Plüschsessel. Alles blickte ihn kalt und fordernd an. Da fand er sich im Spiegel und las das Vergessene aus seinem Gesicht. Ja, er wußte. Dies Gesicht hatte er früher nicht gehabt, nicht diese Augen, nicht diese Falten, nicht diese Farben. Es war ein neues Gesicht, schon einmal war es ihm aufgefallen, im Spiegel einer Glasscheibe, irgendwann im gehetzten Theaterstück dieser wahnsinnigen Tage. Es war nicht sein Gesicht, das gute, stille und etwas duldende Friedrich-Klein-Gesicht. Es war das Gesicht eines Gezeichneten, vom Schicksal mit neuen Zeichen gestempelt, älter und auch jünger als das frühere, maskenhaft und doch wunderlich durchglüht. Niemand liebte solche Gesichter.

Da saß er im Zimmer eines Hotels im Süden mit seinem gezeichneten Gesicht. Daheim schliefen seine Kinder, die er verlassen hatte. Nie mehr würde er sie schlafen, nie mehr sie aufwachen sehen, nie mehr ihre Stimmen hören. Er würde niemals mehr aus dem Wasserglas auf jenem Nachttisch trinken, auf dem bei der Stehlampe die Abendpost und ein Buch lag, und dahinter an der Wand überm Bett die Bilder seiner Eltern, und alles, und alles. Statt dessen starrte er hier im ausländischen Hotel in den Spiegel, in das traurige und angstvolle Gesicht des Verbrechers Klein, und die Plüschmöbel blickten kalt und schlecht, und alles war anders, nichts war mehr in Ordnung. Wenn sein Vater das noch erlebt hätte!

Niemals seit seiner Jugendzeit war Klein so unmittelbar und so einsam seinen Gefühlen überlassen gewesen, niemals so in der Fremde, niemals so nackt und senkrecht unter der unerbittlichen Sonne des Schicksals. Immer war er mit irgend etwas beschäftigt gewesen, mit etwas anderm als mit sich selbst, immer hatte er zu tun und zu sorgen gehabt, um Geld, um Beförderung im Amt, um Frieden im Hause, um Schulgeschichten und Kinderkrankheiten; immer waren große, heilige Pflichten des Bürgers, des Gatten, des Vaters um ihn her gestanden, in ihrem Schutz und Schatten hatte er gelebt, ihnen hatte er Opfer gebracht, von ihnen her war seinem Leben Rechtfertigung und Sinn gekommen. Jetzt hing er plötzlich nackt im Weltraum, er allein Sonne und Mond gegenüber, und fühlte die Luft um sich dünn und eisig.

Und das Wunderliche war, daß kein Erdbeben ihn in diese bange und lebensgefährliche Lage gebracht hatte, kein Gott und kein Teufel, sondern er allein, er selber! Seine eigene Tat hatte ihn hierher geschleudert, hier allein mitten in die fremde Unendlichkeit gestellt. In ihm selbst war alles gewachsen und entstanden, in seinem eigenen Herzen war das Schicksal groß geworden, Verbrechen und Auflehnung, Wegwerfen heiliger Pflichten, Sprung in den Weltenraum, Haß gegen sein Weib, Flucht, Vereinsamung und vielleicht Selbstmord. Andere mochten wohl auch Schlimmes und Umstürzendes erlebt haben, durch Brand und Krieg, durch Unfall und bösen Willen anderer — er jedoch, der Verbrecher Klein, konnte sich auf nichts dergleichen berufen, auf nichts hinausreden, nichts verantwortlich machen, höchstens vielleicht seine Frau. Ja, sie, sie allerdings konnte und mußte herangezogen und verantwortlich gemacht werden, auf sie konnte er deuten, wenn einmal Rechenschaft von ihm verlangt wurde!

Ein großer Zorn brannte in ihm auf, und mit einemmal fiel ihm etwas ein, brennend und tödlich, ein Knäuel von Vorstellungen und Erlebnissen. Es erinnerte ihn an den Traum vom Automobil, und an den Stoß, den er seinem Feinde dort in den Bauch gegeben hatte.

Woran er sich nun erinnerte, das war ein Gefühl, oder eine Phantasie, ein seltsamer und krankhafter Seelenzu-

stand, eine Versuchung, ein wahnsinniges Gelüst, oder
wie immer man es bezeichnen wollte. Es war die Vorstellung oder Vision einer furchtbaren Bluttat, die er
beging, indem er sein Weib, seine Kinder und sich selbst
ums Leben brachte. Mehrmals, so besann er sich jetzt,
während noch immer der Spiegel ihm sein gestempeltes,
irres Verbrechergesicht zeigte, — mehrmals hatte er sich
diesen vierfachen Mord vorstellen müssen, vielmehr sich
verzweifelt gegen diese häßliche und unsinnige Vision ge-
wehrt, wie sie ihm damals erschienen war. Genau damals
hatten die Gedanken, Träume und quälenden Zustände
in ihm begonnen, so schien ihm, welche dann mit der Zeit
zu der Unterschlagung und zu seiner Flucht geführt hatten. Vielleicht — es war möglich — war es nicht bloß die
übergroß gewordene Abneigung gegen seine Frau und
sein Eheleben gewesen, die ihn von Hause fortgetrieben
hatte, sondern noch mehr die Angst davor, daß er eines
Tages doch noch dies viel furchtbarere Verbrechen be-
gehen möchte: sie alle töten, sie schlachten und in ihrem
Blut liegen sehen. Und weiter: auch diese Vorstellung
noch hatte eine Vorgeschichte. Sie war zuzeiten gekommen, wie etwa ein leichter Schwindelanfall, wo man
meint, sich fallen lassen zu müssen. Das Bild aber, die
Mordtat, stammte aus einer besonderen Quelle her! Unbegreiflich, daß er das erst jetzt sah!

Damals, als er zum erstenmal die Zwangsvorstellung
vom Töten seiner Familie hatte, und über diese teuflische
Vision zu Tode erschrocken war, da hatte ihn, gleichsam
höhnisch, eine kleine Erinnerung heimgesucht. Es war
diese: Vor Jahren, als sein Leben noch harmlos, ja beinahe
glücklich war, sprach er einmal mit Kollegen über die
Schreckenstat eines süddeutschen Schullehrers namens W.
(er kam nicht gleich auf den Namen), der seine ganze
Familie auf eine furchtbar blutige Weise abgeschlachtet
und dann die Hand gegen sich selber erhoben hatte. Es
war die Frage gewesen, wie weit bei einer solchen Tat von

Zurechnungsfähigkeit die Rede sein könne, und im weiteren darüber, ob und wie man überhaupt eine solche Tat, eine solche grausige Explosion menschlicher Scheußlichkeit verstehen und erklären könne. Er, Klein, war damals sehr erregt gewesen und hatte gegen einen Kollegen, welcher jenen Totschlag psychologisch zu erklären versuchte, überaus heftig geäußert: einem so scheußlichen Verbrechen gegenüber gebe es für einen anständigen Mann keine andere Haltung als Entrüstung und Abscheu, eine solche Bluttat könne nur im Gehirn eines Teufels entstehen, und für einen Verbrecher dieser Art sei überhaupt keine Strafe, kein Gericht, keine Folter streng und schwer genug. Er erinnerte sich noch heut genau des Tisches, an dem sie saßen, und des verwunderten und etwas kritischen Blickes, mit dem jener ältere Kollege ihn nach diesem Ausbruch seiner Entrüstung gestreift hatte.

Damals nun, als er sich selber zum erstenmal in einer häßlichen Phantasie als Mörder der Seinigen sah und vor dieser Vorstellung mit einem Schauder zurückschreckte, da war ihm dies um Jahre zurückliegende Gespräch über den Verwandtenmörder W. sofort wieder eingefallen. Und seltsam, obwohl er hätte schwören können, daß er damals völlig aufrichtig seine wahrste Empfindung ausgesprochen habe, war jetzt in ihm innen eine häßliche Stimme da, die ihn verhöhnte und ihm zurief: schon damals, schon damals vor Jahren bei dem Gespräch über den Schullehrer W. habe sein Innerstes dessen Tat verstanden, verstanden und gebilligt, und seine so heftige Entrüstung und Erregung sei nur daraus entstanden, daß der Philister und Heuchler in ihm die Stimme des Herzens nicht habe gelten lassen wollen. Die furchtbaren Strafen und Foltern, die er dem Gattenmörder wünschte, und die entrüsteten Schimpfworte, mit denen er dessen Tat bezeichnete, die hatte er eigentlich gegen sich selber gerichtet, gegen den Keim zum Verbrechen, der gewiß damals schon in ihm war! Seine große Erregung bei diesem ganzen Gespräch und Anlaß war nur daher gekommen, daß in Wirklichkeit er sich selbst sitzen sah, der Bluttat angeklagt, und daß er sein Gewissen zu retten suchte, indem er auf sich selber jede Anklage und jedes schwere Urteil häufte. Als ob er damit, mit diesem Wüten gegen sich selbst, das heimliche Verbrechertum in seinem Innern bestrafen oder übertäuben könnte.

So weit kam Klein mit seinen Gedanken, und er fühlte, daß es sich da für ihn um Wichtiges, ja um das Leben selber handle. Aber es war unsäglich mühsam, diese Erinnerungen und Gedanken auseinanderzufädeln und zu ordnen. Eine aufzuckende Ahnung letzter, erlösender Erkenntnisse unterlag der Müdigkeit und dem Widerwillen gegen seine ganze Situation. Er stand auf, wusch sich das Gesicht, ging barfuß auf und ab, bis ihn fröstelte, und dachte nun zu schlafen.

Aber es kam kein Schlaf. Er lag unerbittlich seinen Empfindungen ausgeliefert, lauter häßlichen, schmerzenden und demütigenden Gefühlen: dem Haß gegen seine Frau, dem Mitleid mit sich selber, der Ratlosigkeit, dem Bedürfnis nach Erklärungen, Entschuldigungen, Trostgründen. Und da ihm für jetzt keine andern Trostgründe einfielen, und da der Weg zum Verständnis so tief und schonungslos in die heimlichsten und gefährlichsten Dickichte seiner Erinnerungen führte, und der Schlaf nicht wiederkommen wollte, lag er den Rest der Nacht in einem Zustande, den er in diesem häßlichen Grad noch nicht gekannt hatte. Alle die widerlichen Gefühle, die in ihm stritten, vereinigten sich zu einer furchtbaren, erstickenden, tödlichen Angst, zu einem teuflischen Alpdruck auf Herz und Lunge, der sich immer von neuem bis an die Grenze des Unerträglichen steigerte. Was Angst war, hatte er ja längst gewußt, seit Jahren schon, und seit den letzten Wochen und Tagen erst! Aber so hatte er sie noch nie an der Kehle gefühlt! Zwanghaft mußte er an die wertlosesten Dinge denken, an einen vergessenen Schlüssel, an die Hotelrechnung, und daraus Berge von Sorgen und peinlichen Erwartungen schaffen. Die Frage, ob dies schäbige Zimmerchen für die Nacht wohl mehr als dreieinhalb Franken kosten würde, und ob er in diesem Fall noch länger im Hause bleiben solle, hielt ihn wohl eine Stunde lang in Atem, Schweiß und Herzklopfen. Dabei wußte er genau, wie dumm diese Gedanken seien, und sprach immer wieder sich selbst vernünftig und begütigend zu, wie einem trotzigen Kind, rechnete sich an den Fingern die völlige Haltlosigkeit seiner Sorgen vor — vergebens, vollkommen vergebens! Vielmehr dämmerte auch hinter diesem Trösten und Zureden etwas wie blutiger Hohn auf, als sei auch das bloß Getue und Theater, geradeso wie damals sein Getue wegen des Mörders W. Daß die Todesangst, daß dies grauenhafte Gefühl einer Umschnürung und eines Verurteiltseins zu qualvollem Ersticken nicht von der Sorge um die paar Franken oder von ähnlichen Ursachen herkomme, war ihm ja klar. Dahinter lauerte Schlimmeres, Ernsteres — aber was? Es mußten Dinge sein, die mit dem blutigen Schullehrer, mit seinen eigenen Mordwünschen und mit allem Kranken und Ungeordneten in ihm zu tun hatten. Aber wie daran rühren? Wie den Grund finden? Da gab es keine Stelle in ihm innen, die nicht blutete, die nicht krank und faul und wahnsinnig schmerzempfindlich war. Er spürte: Lange war das nicht zu ertragen. Wenn es so weiter ging, und namentlich wenn noch manche solche Nächte kamen, dann wurde er wahnsinnig oder nahm sich das Leben.

Angespannt setzte er sich im Bett aufrecht und suchte das Gefühl seiner Lage auszuschöpfen, um einmal damit fertig zu werden. Aber es war immer dasselbe: Einsam und hilflos saß er, mit fieberndem Kopf und schmerzlichem Herzdruck, in Todesbangigkeit dem Schicksal gegenüber wie ein Vogel der Schlange, festgebannt und von Furcht verzehrt. Schicksal, das wußte er jetzt, kam nicht von irgendwo her, es wuchs im eigenen Innern. Wenn er kein Mittel dagegen fand, so fraß es ihn auf — dann war ihm beschieden, Schritt für Schritt von der Angst, von dieser grauenhaften Angst verfolgt und aus seiner Vernunft verdrängt zu werden, Schritt für Schritt, bis er am Rande stand, den er schon nahe fühlte.

Verstehen können — das wäre gut, das wäre vielleicht die Rettung! Er war noch lange nicht am Ende mit dem Erkennen seiner Lage und dessen, was mit ihm vorgegangen war. Er stand noch ganz im Anfang, das fühlte er wohl. Wenn er sich jetzt zusammenraffen und alles ganz genau zusammenfassen, ordnen und überlegen könnte, dann würde er vielleicht den Faden finden. Das Ganze würde einen Sinn und ein Gesicht bekommen und würde dann vielleicht zu ertragen sein. Aber diese Anstrengung, dieses letzte Sichaufraffen war ihm zu viel, es ging über seine Kräfte, er konnte einfach nicht. Je angespannter er zu denken versuchte, desto schlechter ging es, er fand statt Erinnerungen und Erklärungen in sich nur leere Löcher, nichts fiel ihm ein, und dabei verfolgte ihn schon wieder die quälende Angst, er möchte gerade das Wichtigste vergessen haben. Er störte und suchte in sich herum wie ein nervöser Reisender, der alle Taschen und Koffer nach seiner Fahrkarte durchwühlt, die er vielleicht am Hut oder gar in der Hand hat. Aber was half es, das Vielleicht?

Vorher, vor einer Stunde oder länger — hatte er da nicht eine Erkenntnis gehabt, einen Fund getan? Was war es gewesen, was? Es war fort, er fand es nicht wieder. Verzweifelnd schlug er sich mit der Faust an die Stirn. Gott im Himmel, laß mich den Schlüssel finden! Laß mich nicht so umkommen, so jammervoll, so dumm, so traurig! In Fetzen gelöst wie Wolkentreiben im Sturm floh seine ganze Vergangenheit an ihm vorüber, Millionen Bilder, durcheinander und übereinander, unkenntlich und höhnend, jedes an irgend etwas erinnernd — an was? An was?

Plötzlich fand er den Namen «Wagner» auf seinen

Lippen. Wie bewußtlos sprach er ihn aus: «Wagner — Wagner.» Wo kam der Name her? Aus welchem Schacht? Was wollte er? Wer war Wagner? Wagner?

Er biß sich an den Namen fest. Er hatte eine Aufgabe, ein Problem, das war besser als dies Hangen im Gestaltlosen. Also: Wer ist Wagner? Was geht mich Wagner an? Warum sagen meine Lippen, die verzogenen Lippen in meinem Verbrechergesicht, jetzt in der Nacht den Namen Wagner vor sich hin? Er nahm sich zusammen. Allerlei fiel ihm ein. Er dachte an Lohengrin, und damit an das etwas unklare Verhältnis, das er zu dem Musiker Wagner hatte. Er hatte ihn, als Zwanzigjähriger, rasend geliebt. Später war er mißtrauisch geworden, und mit der Zeit hatte er gegen ihn eine Menge von Einwänden und Bedenken gefunden. An Wagner hatte er viel herumkritisiert, und vielleicht galt diese Kritik weniger dem Richard Wagner selbst als seiner eigenen, einstigen Liebe zu ihm? Haha, hatte er sich wieder erwischt? Hatte er da wieder einen Schwindel aufgedeckt, eine kleine Lüge, einen kleinen Unrat? Ach ja, es kam einer um den andern zum Vorschein — in dem tadellosen Leben des Beamten und Gatten Friedrich Klein war es gar nicht tadellos, gar nicht sauber gewesen, in jeder Ecke lag ein Hund begraben! Ja, richtig, also so war es auch mit Wagner. Der Komponist Richard Wagner wurde von Friedrich Klein scharf beurteilt und gehaßt. Warum? Weil Friedrich Klein es sich selber nicht verzeihen konnte, daß er als junger Mensch für diesen selben Wagner geschwärmt hatte. In Wagner verfolgte er nun seine eigene Jugendschwärmerei, seine eigne Jugend, seine eigne Liebe. Warum? Weil Jugend und Schwärmerei und Wagner und all das ihn peinlich an Verlorenes erinnerten, weil er sich von einer Frau hatte heiraten lassen, die er nicht liebte, oder doch nicht richtig, nicht genug. Ach, und so, wie er gegen Wagner verfuhr, so verfuhr der Beamte Klein noch gegen viele und vieles. Er war ein braver Mann, der Herr Klein, und hinter seiner Bravheit versteckte er nichts als Unflat und Schande! Ja, wenn er ehrlich sein wollte — wieviel heimliche Gedanken hatte er vor sich selber verbergen müssen! Wieviel Blicke nach hübschen Mädchen auf der Gasse, wieviel Neid gegen Liebespaare, die ihm abends begegneten, wenn er vom Amt zu seiner Frau nach Hause ging! Und dann die Mordgedanken. Und hatte er nicht den Haß, der ihm selber hätte gelten sollen, auch gegen jenen Schullehrer — — —

Er schrak plötzlich zusammen. Wieder ein Zusammenhang! Der Schullehrer und Mörder hatte ja — Wagner geheißen! Also da saß der Kern! Wagner — so hieß jener Unheimliche, jener wahnsinnige Verbrecher, der seine ganze Familie umgebracht hatte. War nicht mit diesem Wagner irgendwie sein ganzes Leben seit Jahren verknüpft gewesen? Hatte nicht dieser üble Schatten ihn überall verfolgt?

Nun, Gott sei Dank, der Faden war wieder gefunden. Ja, und über diesen Wagner hatte er einst, in langvergangener besserer Zeit, sehr zornig und empört gescholten und ihm die grausamsten Strafen gewünscht. Und dennoch hatte er später selber, ohne mehr an Wagner zu denken, denselben Gedanken gehabt und hatte mehrmals in einer Art von Vision sich selber gesehen, wie er seine Frau und seine Kinder ums Leben brachte.

Und war denn das nicht eigentlich sehr verständlich? War es nicht richtig? Konnte man nicht sehr leicht dahin kommen, daß die Verantwortung für das Dasein von Kindern einem unerträglich wurde, ebenso unerträglich wie das eigene Wesen und Dasein, das man nur als Irrtum, nur als Schuld und Qual empfand?

Aufseufzend dachte er diesen Gedanken zu Ende. Es schien ihm jetzt ganz gewiß, daß er schon damals, als er ihn zuerst erfuhr, im Herzen jenen Wagnerschen Totschlag verstanden und gebilligt habe, gebilligt natürlich nur als Möglichkeit. Schon damals, als er noch nicht sich unglücklich und sein Leben verpfuscht fühlte, schon damals vor Jahren, als er noch meinte, seine Frau zu lieben und an ihre Liebe glaubte, schon damals hatte sein Innerstes den Schullehrer Wagner verstanden und seinem entsetzlichen Schlachtopfer heimlich zugestimmt. Was er damals sagte und meinte, war immer nur die Meinung seines Verstandes gewesen, nicht die seines Herzens. Sein Herz — jene innerste Wurzel in ihm, aus der das Schicksal wuchs — hatte schon immer und immer eine andere Meinung gehabt, es hatte Verbrechen begriffen und gebilligt. Es waren immer zwei Friedrich Klein dagewesen, ein sichtbarer und ein heimlicher, ein Beamter und ein Verbrecher, ein Familienvater und ein Mörder.

Damals aber war er im Leben stets auf der Seite des «bessern» Ich gestanden, des Beamten und anständigen Menschen, des Ehemannes und rechtlichen Bürgers. Die heimliche Meinung seines Innersten hatte er nie gebilligt, er hatte sie nicht einmal gekannt. Und doch hatte diese innerste Stimme ihn unvermerkt geleitet und schließlich zum Flüchtling und Verworfenen gemacht!

Dankbar hielt er diesen Gedanken fest. Da war doch ein Stück Folgerichtigkeit, etwas wie Vernunft. Es genügte noch nicht, es blieb alles Wichtige noch so dunkel, aber eine gewisse Helligkeit, eine gewisse Wahrheit war doch gewonnen. Und Wahrheit — das war es, worauf es ankam. Wenn ihm nur das kurze Ende des Fadens nicht wieder verlorenging!

Zwischen Wachen und Schlaf vor Erschöpfung fiebernd, immer an der Grenze zwischen Gedanke und Traum, verlor er hundertmal den Faden wieder, fand ihn hundertmal neu. Bis es Tag war und der Gassenlärm zum Fenster hereinscholl.

2

Den Vormittag lief Klein durch die Stadt. Er kam vor ein Hotel, dessen Garten ihm gefiel, ging hinein, sah Zimmer an und mietete eines. Erst im Weggehen sah er sich nach dem Namen des Hauses um und las: Hotel Kontinental. War ihm dieser Name nicht bekannt? Nicht vorausgesagt worden? Ebenso wie Hotel Milano? Er gab es indessen bald auf, zu suchen, und war zufrieden in der Atmosphäre von Fremdheit, Spiel und eigentümlicher Bedeutsamkeit, in die sein Leben geraten schien.

Der Zauber von gestern kam allmählich wieder. Es war sehr gut, daß er im Süden war, dachte er dankbar. Er war gut geführt worden. Wäre dies nicht gewesen, dieser liebenswerte Zauber überall, dies ruhige Schlendern und Sichvergessenkönnen, dann wäre er Stunde um Stunde vor dem furchtbaren Gedankenzwang gestanden und wäre verzweifelt. So aber gelang es ihm, stundenlang in angenehmer Müdigkeit dahin zu vegetieren, ohne Zwang, ohne Angst, ohne Gedanken. Das tat ihm wohl. Es war sehr gut, daß es diesen Süden gab, und daß er ihn sich verordnet hatte. Der Süden erleichterte das Leben. Er tröstete. Er betäubte.

Auch jetzt am hellen Tage sah die Landschaft unwahrscheinlich und phantastisch aus, die Berge waren alle zu nah, zu steil, zu hoch, wie von einem etwas verschrobenen Maler erfunden. Schön aber war alles Nahe und Kleine: ein Baum, ein Stück Ufer, ein Haus in schönen heitern Farben, eine Gartenmauer, ein schmales Weizenfeld unter Reben stehend, klein und gepflegt wie ein Hausgarten. Dies alles war lieb und freundlich, heiter und gesellig, es atmete Gesundheit und Vertrauen. Diese kleine, freundliche, wohnliche Landschaft samt ihren stillheitern Menschen konnte man lieben. Etwas lieben zu können — welche Erlösung!

Mit dem leidenschaftlichen Willen, zu vergessen und

sich zu verlieren, schwamm der Leidende, auf der Flucht vor den lauernden Angstgefühlen, hingegeben durch die fremde Welt. Er schlenderte ins Freie, in das anmutige, fleißig bestellte Bauernland hinein. Es erinnerte ihn nicht an das Land und Bauerntum seiner Heimat, sondern mehr an Homer und an die Römer, er fand etwas Uraltes, Kultiviertes und doch Primitives darin, eine Unschuld und Reife, die der Norden nicht hat. Die kleinen Kapellen und Bildstöcke, die farbig und zum Teil zerfallend, fast alle von Kindern mit Feldblumen geschmückt, überall an den Wegen zu Ehren von Heiligen standen, schienen ihm denselben Sinn zu haben und vom selben Geist zu stammen wie die vielen kleinen Tempel und Heiligtümer der Alten, die in jedem Hain, Quell und Berg eine Gottheit verehrten und deren heitere Frömmigkeit nach Brot und Wein und Gesundheit duftete. Er kehrte in die Stadt zurück, lief unter hallenden Arkaden, ermüdete sich auf rauhem Steinpflaster, blickte neugierig in offene Läden und Werkstätten, kaufte italienische Zeitungen, ohne sie zu lesen, und geriet endlich müde in einen herrlichen Park am See. Hier schlenderten Kurgäste und saßen lesend auf Bänken, und alte ungeheure Bäume hingen wie in ihr Spiegelbild verliebt überm schwarzgrünen Wasser, das sie dunkel überwölbten. Unwahrscheinliche Gewächse, Schlangenbäume und Perückenbäume, Korkeichen und andre Seltsamkeiten standen frech oder ängstlich oder trauernd im Rasen, der voll Blumen war, und an den fernen jenseitigen Seeufern schwammen weiß und rosig lichte Dörfer und Landhäuser.

Als er auf einer Bank zusammengesunken saß und nah am Einnicken war, riß ein fester elastischer Schritt ihn wach. Auf hohen rotbraunen Schnürstiefeln, im kurzen Rock über dünnen durchbrochenen Strümpfen lief eine Frau vorbei, ein Mädchen, kräftig und taktfest, sehr aufrecht und herausfordernd, elegant, hochmütig, ein kühles Gesicht mit geschminkter Lippenröte und einem hohen dichten Haarbau von hellem, metallischem Gelb. Ihr Blick traf ihn im Vorbeigehen eine Sekunde, sicher und abschätzend wie die Blicke des Portiers und Boys im Hotel, und lief gleichgültig weiter.

Allerdings, dachte Klein, sie hat recht, ich bin kein Mensch, den man beachtet. Unsereinem schaut so eine nicht nach. Dennoch tat die Kürze und Kühle ihres Blickes ihm heimlich weh, er kam sich abgeschätzt und mißachtet vor von jemand, der nur Oberfläche und Außenseite sah, und aus den Tiefen seiner Vergangenheit wuchsen ihm Stacheln und Waffen empor, um sich gegen sie zu wehren. Schon war vergessen, daß ihr feiner belebter Schuh, ihr so sehr elastischer und sicherer Gang, ihr straffes Bein im dünnen Seidenstrumpf ihn einen Augenblick gefesselt und beglückt hatte. Ausgelöscht war das Rauschen ihres Kleides und der dünne Wohlgeruch, der an ihr Haar und an ihre Haut erinnerte. Weggeworfen und zerstampft war der schöne holde Hauch von Geschlecht und Liebesmöglichkeit, der ihn von ihr gestreift hatte. Statt dessen kamen viele Erinnerungen. Wie oft hatte er solche Wesen gesehn, solche junge, sichere und herausfordernde Personen, seien es nun Dirnen oder eitle Gesellschaftsweiber, wie oft hatte ihre schamlose Herausforderung ihn geärgert, ihre Sicherheit ihn irritiert, ihr kühles, brutales Sichzeigen ihn angewidert! Wie manchmal hatte er, auf Ausflügen und in städtischen Restaurants, die Empörung seiner Frau über solche unweibliche und hetärenhafte Wesen von Herzen geteilt!

Mißmutig streckte er die Beine von sich. Dieses Weib hatte ihm seine gute Stimmung verdorben! Er fühlte sich ärgerlich, gereizt und benachteiligt, er wußte: wenn diese mit dem gelben Haar nochmals vorüberkommen und ihn nochmals mustern würde, dann würde er rot werden und sich in seinen Kleidern, seinem Hut, seinen Schuhen, seinem Gesicht, Haar und Bart unzulänglich und minderwertig vorkommen! Hole sie der Teufel! Schon dies gelbe

Haar! Es war falsch, es gab nirgends in der Welt so gelbe
Haare. Geschminkt war sie auch. Wie nur ein Mensch
sich dazu hergeben konnte, seine Lippen mit Schminke
anzumalen — negerhaft! Und solche Leute liefen herum,
als gehörte ihnen die Welt, sie besaßen das Auftreten, die
Sicherheit, die Frechheit und verdarben anständigen Leuten die Freude.

Mit den wieder aufwogenden Gefühlen von Unlust,
Ärger und Befangenheit kam abermals ein Schwall von
Vergangenheit heraufgekocht, und plötzlich dazwischen
der Einfall: du berufst dich ja auf deine Frau, du gibst
ihr ja recht, du ordnest dich ihr wieder unter! Einen
Augenblick lang überfloß ihn ein Gefühl wie: ich bin ein
Esel, daß ich noch immer mich unter die «anständigen
Menschen» rechne, ich bin ja keiner mehr, ich gehöre
geradeso wie diese Gelbe zu einer Welt, die nicht mehr
meine frühere und nicht mehr die anständige ist, in eine
Welt, wo anständig oder unanständig nichts mehr bedeutet, wo jeder für sich das schwere Leben zu leben sucht.
Einen Augenblick lang empfand er, daß seine Verachtung
für die Gelbe ebenso oberflächlich und unaufrichtigt war
wie seine einstige Empörung über den Schullehrer und
Mörder Wagner, und auch seine Abneigung gegen den
andern Wagner, dessen Musik er einst als allzu sinnen-
schwül empfunden hatte. Eine Sekunde lang tat sein ver-
schütteter Sinn, sein verlorengegangenes Ich die Augen auf
und sagte ihm mit seinem alleswissenden Blick, daß alle
Empörung, aller Ärger, alle Verachtung ein Irrtum und
eine Kinderei sei und auf den armen Kerl von Verächter
zurückfalle.

Dieser gute, alleswissende Sinn sagte ihm auch, daß er
hier wieder vor einem Geheimnis stehe, dessen Deutung
für sein Leben wichtig sei, daß diese Dirne oder Welt-
dame, daß dieser Duft von Eleganz, Verführung und
Geschlecht ihm keineswegs zuwider und beleidigend sei,
sondern daß er sich diese Urteile nur eingebildet und ein-

gehämmert habe, aus Angst vor seiner wirklichen Natur, aus Angst vor Wagner, aus Angst vor dem Tier oder Teufel, den er in sich entdecken konnte, wenn er einmal die Fesseln und Verkleidungen seiner Sitte und Bürgerlichkeit abwürfe. Blitzhaft zuckte etwas wie Lachen, wie Hohnlachen in ihm auf, das aber alsbald wieder schwieg. Es siegte wieder das Mißgefühl. Es war unheimlich, wie jedes Erwachen, jede Erregung, jeder Gedanke ihn immer wieder unfehlbar dorthin traf, wo er schwach und nur zu Qualen fähig war. Nun saß er wieder mitten darin und hatte es mit seinem fehlgeratenen Leben, mit seiner Frau, mit seinem Verbrechen, mit der Hoffnungslosigkeit seiner Zukunft zu tun. Angst kam wieder, das allwissende Ich sank unter wie ein Seufzer, den niemand hört. O welche Qual! Nein, daran war nicht die Gelbe schuld. Und alles, was er gegen sie empfand, tat ihr ja nicht weh, traf nur ihn selber.

Er stand auf und fing zu laufen an. Früher hatte er oft geglaubt, er führe ein ziemlich einsames Leben, und hatte sich mit einiger Eitelkeit eine gewisse resignierte Philosophie zugeschrieben, galt auch unter seinen Kollegen für einen Gelehrten, Leser und heimlichen Schöngeist. Mein Gott, er war nie einsam gewesen! Er hatte mit den Kollegen, mit seiner Frau, mit den Kindern, mit allen möglichen Leuten geredet, und der Tag war dabei vergangen und die Sorgen erträglich geworden. Und auch wenn er allein gewesen war, war es keine Einsamkeit gewesen. Er hatte die Meinungen, die Ängste, die Freuden, die Tröstungen vieler geteilt, einer ganzen Welt. Stets war um ihn her und bis in ihn hinein Gemeinsamkeit gewesen, und auch noch im Alleinsein, im Leid und in der Resignation hatte er stets einer Schar und Menge angehört, einem schützenden Verband, der Welt der Anständigen, Ordentlichen und Braven. Jetzt aber, jetzt schmeckte er Einsamkeit. Jeder Pfeil fiel auf ihn selber, jeder Trostgrund erwies sich als sinnlos, jede Flucht vor der Angst führte nur in jene Welt hinüber, mit der er gebrochen hatte, die ihm zerbrochen und entglitten war. Alles, was sein Leben lang gut und richtig gewesen war, war es jetzt nicht mehr. Alles mußte er aus sich selber holen, niemand half ihm. Und was fand er denn in sich selber? Ach, Unordnung und Zerrissenheit!

Ein Automobil, dem er auswich, lenkte seine Gedanken ab, warf ihnen neues Futter zu; er fühlte im unausgeschlafenen Schädel Leere und Schwindel. «Automobil», dachte er, oder sagte es, und wußte nicht, was es bedeute. Da sah er, einen Augenblick im Schwächegefühl die Augen schließend, ein Bild wieder, das ihm bekannt schien, das ihn erinnerte und seinen Gedanken neues Blut zuführte. Er sah sich auf einem Auto sitzen und es steuern, das war ein Traum, den er einmal geträumt hatte. In jenem Traumgefühl, da er den Lenker hinabgestoßen und sich selber der Steuerung bemächtigt hatte, war etwas wie Befreiung und Triumph gewesen. Es gab da einen Trost, irgendwo, schwer zu finden. Aber es gab einen. Es gab, und sei es auch nur in der Phantasie oder im Traum, die wohltätige Möglichkeit, sein Fahrzeug ganz allein zu steuern, jeden andern Führer hohnlachend vom Bock zu werfen, und wenn das Fahrzeug dann auch Sprünge machte und über Trottoirs oder in Häuser und Menschen hineinfuhr, so war es doch köstlich und war viel besser, als geschützt unter fremder Führung zu fahren und ewig ein Kind zu bleiben.

Ein Kind! Er mußte lächeln. Es fiel ihm ein, daß er als Kind und Jüngling seinen Namen Klein manchmal verflucht und gehaßt hatte. Jetzt hieß er nicht mehr so. War das nicht von Bedeutung — ein Gleichnis, ein Symbol? Er hatte aufgehört, klein und ein Kind zu sein und sich von andern führen zu lassen.

Im Hotel trank er zu seinem Essen einen guten, sanften Wein, den er auf gut Glück bestellt hatte und dessen Namen er sich merkte. Wenige Dinge gab es, die einem halfen, wenige, die trösteten und das Leben erleichterten; diese wenigen Dinge zu kennen war wichtig. Dieser Wein war so ein Ding, und die südliche Luft und Landschaft war eines. Was noch? Gab es noch andre? Ja, das Denken war auch so ein tröstliches Ding, das einem wohltat und leben half. Aber nicht jedes Denken! O nein, es gab ein Denken, das war Qual und Wahnsinn. Es gab ein Denken, das wühlte schmerzvoll im Unabänderlichen und führte zu nichts als Ekel, Angst und Lebensüberdruß. Ein anderes Denken war es, das man suchen und lernen mußte. War es überhaupt ein Denken? Es war ein Zustand, eine innere Verfassung, die immer nur Augenblicke dauerte und durch angestrengtes Denkenwollen nur zerstört wurde. In diesem höchst wünschenswerten Zustand hatte man Einfälle, Erinnerungen, Visionen, Phantasien, Einsichten von besonderer Art. Der Gedanke (oder Traum) vom Automobil war von dieser Art, von dieser guten und tröstlichen Art, und die plötzlich gekommene Erinnerung an den Totschläger Wagner und an jenes Gespräch, das er vor Jahren über ihn geführt hatte. Der seltsame Einfall mit dem Namen Klein war auch so. Bei diesen Gedanken, diesen Einfällen wich für Augenblicke die Angst und das scheußliche Unwohlsein einer rasch aufleuchtenden Sicherheit — es war dann, als sei alles gut, das Alleinsein war stark und stolz, die Vergangenheit überwunden, die kommende Stunde ohne Schrecken.

Er mußte das noch erfassen, es mußte sich begreifen und lernen lassen! Er war gerettet, wenn es ihm gelang, häufig Gedanken von jener Art in sich zu finden, in sich zu pflegen und hervorzurufen. Und er sann und sann. Er wußte nicht, wie er den Nachmittag verbrachte, die Stunden schmolzen ihm weg wie im Schlaf, und vielleicht schlief er auch wirklich, wer wollte das wissen. Immerzu kreisten seine Gedanken um jenes Geheimnis. Er dachte sehr viel und mühsam über seine Begegnung mit der Gelben nach. Was bedeutete sie? Wie kam es, daß in ihm diese flüchtige Begegnung, das sekundenkurze Wechseln eines Blickes mit einem fremden, schönen, aber ihm unsympathischen Weibe für lange Stunden zur Quelle von Gedanken, von Gefühlen, von Erregungen, Erinnerungen, Selbstpeinigungen, Anklagen wurde? Wie kam das? Ging das andern auch so? Warum hatte die Gestalt, der Gang, das Bein, der Schuh und Strumpf der Gelben ihn einen winzigen Moment entzückt? Warum hatte dann ihr kühl abwägender Blick ihn so sehr ernüchtert? Warum hatte dieser fatale Blick ihn nicht bloß ernüchtert und aus der kurzen erotischen Bezauberung geweckt, sondern ihn auch beleidigt, empört und vor sich selbst entwertet? Warum hatte er gegen diesen Blick lauter Worte und Erinnerungen ins Feld geführt, welche seiner einstigen Welt angehörten, Worte, die keinen Sinn mehr hatten, Gründe, an die er nicht mehr glaubte? Er hatte Urteile seiner Frau, Worte seiner Kollegen, Gedanken und Meinungen seines einstigen Ich, des nicht mehr vorhandenen Bürgers und Beamten Klein, gegen jene gelbe Dame und ihren unangenehmen Blick aufgeboten, er hatte das Bedürfnis gehabt, sich gegen diesen Blick mit allen erdenklichen Mitteln zu rechtfertigen, und hatte einsehen müssen, daß seine Mittel lauter alte Münzen waren, welche nicht mehr galten. Und aus allen diesen langen, peinlichen Erwägungen war ihm nichts geworden als Beklemmung, Unruhe und leidvolles Gefühl des eigenen Unrechts! Nur einen einzigen Moment aber hatte er jenen andern, so sehr zu wünschenden Zustand wieder empfunden, einen Moment lang hatte er innerlich zu all jenen peinlichen Erwägungen den Kopf geschüttelt und es besser gewußt. Er hatte gewußt, eine Sekunde lang: Meine Gedanken über die Gelbe sind dumm und unwürdig, Schicksal steht über ihr wie über mir, Gott liebt sie, wie er mich liebt.

Woher war diese holde Stimme gekommen? Wo konnte man sie wiederfinden, wie sie wieder herbeilocken, auf welchem Ast saß dieser seltne, scheue Vogel? Diese Stimme sprach die Wahrheit, und Wahrheit war Wohltat, Heilung, Zuflucht. Diese Stimme entstand, wenn man im Herzen mit dem Schicksal einig war und sich selber liebte; sie war Gottes Stimme, oder war die Stimme des eigenen, wahrsten, innersten Ich, jenseits von allen Lügen, Entschuldigungen und Komödien.

Warum konnte er diese Stimme nicht immer hören? Warum flog die Wahrheit an ihm immer vorbei wie ein Gespenst, das man nur mit halbem Blick im Vorbeihuschen sehen kann und das verschwindet, wenn man den vollen Blick darauf richtet? Warum sah er wieder und wieder diese Glückspforte offenstehen, und wenn er hineinwollte, war sie doch geschlossen!

In seinem Zimmer aus einem Schlummer aufwachend, griff er nach einem Bändchen Schopenhauer, das auf dem Tischchen lag und das ihn meistens auf Reisen begleitete. Er schlug blindlings auf und las einen Satz: «Wenn wir auf unsern zurückgelegten Lebensweg zurücksehn und zumal unsre unglücklichen Schritte, nebst ihren Folgen, ins Auge fassen, so begreifen wir oft nicht, wie wir haben dieses tun, oder jenes unterlassen können; so daß es aussieht, als hätte eine fremde Macht unsre Schritte gelenkt. Goethe sagt im Egmont: Es glaubt der Mensch sein Leben zu leiten, sich selbst zu führen; und sein Innerstes wird unwiderstehlich nach seinem Schicksal gezogen.» — Stand da nicht etwas, was ihn anging? Was mit seinen heutigen Gedanken nah und innig zusammenhing? — Begierig las er weiter, doch es kam nichts mehr, die folgenden Zeilen und Sätze ließen ihn unberührt. Er legte das Buch weg, sah auf die Taschenuhr, fand sie unaufgezogen und abgelaufen, stand auf und blickte durchs Fenster, es schien gegen Abend zu sein.

Er fühlte sich etwas angegriffen wie nach starker geistiger Anstrengung, aber nicht unangenehm und fruchtlos erschöpft, sondern sinnvoll ermüdet wie nach befriedigender Arbeit. Ich habe wohl eine Stunde oder mehr geschlafen, dachte er, und trat vor den Spiegelschrank, um sein Haar zu bürsten. Es war ihm seltsam frei und wohl zumute, und im Spiegel sah er sich lächeln! Sein bleiches, überanstrengtes Gesicht, das er seit langem nur noch verzerrt und starr und irr gesehen hatte, stand in einem sanften, freundlichen, guten Lächeln. Verwundert schüttelte er den Kopf und lächelte sich selber zu.

Er ging hinab, im Restaurant wurde an einigen Tischen schon soupiert. Hatte er nicht eben erst gegessen? Einerlei, er hatte große Lust, es sofort wieder zu tun, und er bestellte, mit Eifer den Kellner befragend, eine gute Mahlzeit.

«Will der Herr vielleicht heut abend nach Castiglione fahren?» fragte ihn der Kellner beim Vorlegen. «Es geht ein Motorboot vom Hotel.»

Klein dankte mit Kopfschütteln. Nein, solche Hotel-veranstaltungen waren nichts für ihn. — Castiglione? Davon hatte er schon sprechen hören. Es war ein Vergnügungsort mit einer Spielbank, so etwas wie ein kleines Monte Carlo. Lieber Gott, was sollte er dort tun?

Während der Kaffee gebracht wurde, nahm er aus dem Blumenstrauß, der in einer Kristallvase vor ihm stand, eine kleine weiße Rose und steckte sie an. Von einem Nebentische her streifte ihn der Rauch einer frisch ange-zündeten Zigarre. Richtig, eine gute Zigarre wollte er auch haben.

Unschlüssig stieg er dann vor dem Hause hin und her. Ganz gerne wäre er wieder in jene dörfliche Gegend ge-gangen, wo er gestern abend beim Gesang der Italienerin und dem magischen Funkentanz der Leuchtkäfer zum erstenmal die süße Wirklichkeit des Südens gespürt hatte. Aber es zog ihn auch zum Park, an das schattig über-laubte stille Wasser, zu den seltsamen Bäumen, und wenn er die Dame mit dem gelben Haar wieder angetroffen hätte, so würde ihr kalter Blick ihn jetzt nicht ärgern noch beschämen. Übrigens — wie unausdenklich lang war es seit gestern! Wie fühlte er sich in diesem Süden schon heimisch! Wieviel hatte er erlebt, gedacht, erfahren!

Er schlenderte eine Straße weit, umflossen von einem guten, sanften Sommerabendwind. Nachtfalter kreisten leidenschaftlich um die eben entzündeten Straßenlaternen, fleißige Leute schlossen spät ihre Geschäfte zu und klappten Eisenstangen vor die Läden, viele Kinder trieben sich noch herum und rannten bei ihren Spielen zwischen den kleinen Tischen der Cafés herum, an denen mitten auf der Straße Kaffee und Limonaden getrunken wurden. Ein Marienbild in einer Wandnische lächelte im Schein brennender Lichter. Auch auf den Bänken am See war noch Leben, wurde gelacht, gestritten, gesungen, und auf dem Wasser schwamm hier und dort noch ein Boot mit hemdärmeligen Ruderern und Mädchen in weißen Blusen.

Klein fand leicht den Weg zum Park wieder, aber das hohe Tor stand geschlossen. Hinter den hohen Eisenstangen stand die schweigende Baumfinsternis fremd und schon voll Nacht und Schlaf. Er blickte lang hinein. Dann lächelte er, und es wurde ihm nun erst der heimliche Wunsch bewußt, der ihn an diese Stelle vor das verschlossene Eisentor getrieben hatte. Nun, es war einerlei, es ging auch ohne Park.

Auf einer Bank am See saß er friedlich und sah dem vorübertreibenden Volk zu. Er entfaltete im hellen Laternenlicht eine italienische Zeitung und versuchte zu lesen. Er verstand nicht alles, aber jeder Satz, den er zu übersetzen vermochte, machte ihm Spaß. Erst allmählich begann er, über die Grammatik weg, auf den Sinn zu achten, und fand mit einem gewissen Erstaunen, daß der Artikel eine heftige, erbitterte Schmähung seines Volkes und Vaterlandes war. Wie seltsam, dachte er, das alles gibt es noch! Die Italiener schrieben über sein Volk, genau so wie die heimischen Zeitungen es immer über Italien getan hatten, genau so richtend, genau so empört, genau so unfehlbar vom eigenen Recht und fremden

Unrecht überzeugt! Auch daß diese Zeitung mit ihrem Haß und ihrem grausamen Aburteilen ihn nicht zu empören und zu ärgern vermochte, war ja seltsam. Oder nicht? Nein, wozu sich empören? Das alles war ja die Art und Sprache einer Welt, zu der er nicht mehr gehörte. Sie mochte die gute, die bessere, die richtige Welt sein — es war nicht mehr die seine.

Er ließ die Zeitung auf der Bank liegen und ging weiter. Aus einem Garten strahlten über dicht blühende Rosenstämme hinweg hundert bunte Lichter. Menschen gingen hinein, er schloß sich an, eine Kasse, Aufwärter, eine Wand mit Plakaten. Mitten im Garten war ein Saal ohne Wände, nur ein großes Zeltdach, von welchem alle die zahllosen vielfarbigen Lampen niederhingen. Viele halbbesetzte Gartentische füllten den luftigen Saal; im Hintergrunde silbern, grün und rosa in grellen Farben glitzerte überhell eine schmale erhöhte Bühne. Unter der Rampe saßen Musikanten, ein kleines Orchester. Beschwingt und licht atmete die Flöte in die bunte warme Nacht hinaus, die Oboe satt und schwellend, das Cello sang dunkel, bang und warm. Auf der Bühne darüber sang ein alter Mann komische Lieder, sein gemalter Mund lachte starr, in seinem kahlen bekümmerten Schädel spiegelte das üppige Licht.

Klein hatte nichts dergleichen gesucht, einen Augenblick fühlte er etwas wie Enttäuschung und Kritik und die alte Scheu vor dem einsamen Sitzen inmitten einer frohen und eleganten Menge; die künstliche Lustbarkeit schien ihm schlecht in den duftenden Gartenabend zu stimmen. Doch setzte er sich, und das aus so vielen buntfarbigen gedämpften Lampen niederrinnende Licht versöhnte ihn alsbald, es hing wie ein Zauberschleier über dem offenen Saal. Zart und innig glühte die kleine Musik herüber, gemischt mit dem Duft der vielen Rosen. Die Menschen saßen heiter und geschmückt in gedämpfter Fröhlichkeit; über Tassen, Flaschen und Eisbechern schwebten, von dem milden farbigen Licht hold behaucht und bepudert, helle Gesichter und schillernde Frauenhüte, und auch das gelbe und rosige Eis in den Bechern, die Gläser mit roten, grünen, gelben Limonaden klangen in dem Bilde festlich und juwelenhaft mit.

Niemand hörte dem Komiker zu. Der dürftige Alte stand gleichgültig und vereinsamt auf seiner Bühne und sang, was er gelernt hatte, das köstliche Licht floß an seiner armen Gestalt herab. Er endete sein Lied und schien zufrieden, daß er gehen konnte. An den vordersten Tischen klatschten zwei, drei Menschen mit den Händen. Der Sänger trat ab und erschien bald darauf durch den Garten im Saale, an einem der ersten Tische beim Orchester nahm er Platz. Eine junge Dame schenkte ihm Sodawasser in ein Glas, sie erhob sich dabei halb, und Klein blickte hin. Es war die mit den gelben Haaren.

Jetzt tönte von irgendwo her eine schrille Klingel lang und dringlich, es entstand Bewegung in der Halle. Viele gingen ohne Hut und Mantel hinaus. Auch der Tisch beim Orchester leerte sich, die Gelbe lief mit den andern hinaus, ihr Haar glänzte hell noch draußen in der Gartendämmerung. An dem Tisch blieb nur der alte Sänger sitzen.

Klein gab sich einen Stoß und ging hinüber. Er grüßte den Alten höflich, der nickte nur.

«Können Sie mir sagen, was dies Klingeln bedeutet?» fragte Klein.

«Pause», sagte der Komiker.

«Und wohin sind all die Leute gegangen?»

«Spielen. Jetzt ist eine halbe Stunde Pause, und so lange kann man im Kursaal drüben spielen.»

«Danke. — Ich wußte nicht, daß auch hier eine Spielbank ist.»

«Nicht der Rede wert. Nur für Kinder, höchster Einsatz fünf Franken.»

«Danke sehr.»

Er hatte schon wieder den Hut gezogen und sich umgedreht. Da fiel ihm ein, er könnte den Alten nach der Gelben fragen. Der kannte sie.

Er zögerte, den Hut noch in der Hand. Dann ging er weg. Was wollte er eigentlich? Was ging sie ihn an? Doch spürte er, sie ging ihn trotzdem an. Es war nur Schüchternheit, irgendein Wahn, eine Hemmung. Eine leise Welle von Unmut stieg in ihm auf, eine dünne Wolke. Schwere war wieder im Anzug, jetzt war er wieder befangen, unfrei, und über sich selbst ärgerlich. Es war besser, er ging nach Hause. Was tat er hier, unter den vergnügten Leuten? Er gehörte nicht zu ihnen.

Ein Kellner, der Zahlung verlangte, störte ihn. Er war ungehalten.

«Können Sie nicht warten, bis ich rufe?»

«Entschuldigen, ich dachte, der Herr wolle gehen. Mir ersetzt es niemand, wenn einer drausläuft.»

Er gab mehr Trinkgeld, als nötig war.

Als er die Halle verließ, sah er aus dem Garten her die Gelbe zurückkommen. Er wartete und ließ sie an sich vorübergehen. Sie schritt aufrecht, stark und leicht wie auf Federn. Ihr Blick traf ihn, kühl, ohne Erkennen. Er sah ihr Gesicht hell beleuchtet, ein ruhiges und kluges Gesicht, fest und blaß, ein wenig blasiert, der geschminkte Mund blutrot, graue Augen voll Wachsamkeit, ein schönes, reich ausgeformtes Ohr, an dem ein grüner länglicher Stein blitzte. Sie ging in weißer Seide, der schlanke Hals sank in Opalschatten hinab, von einer dünnen Kette mit grünen Steinen umspannt.

Er sah sie an, heimlich erregt, und wieder mit zwiespältigem Eindruck. Etwas an ihr lockte, erzählte von Glück und Innigkeit, duftete nach Fleisch und Haar und gepflegter Schönheit, und etwas anderes stieß ab, schien unecht, ließ Enttäuschung fürchten. Es war die alte, anerzogene und ein Leben lang gepflegte Scheu vor dem, was er als dirnenhaft empfand, vor dem bewußten Sichzeigen des Schönen, vor dem offenen Erinnern an Geschlecht und

Liebeskampf. Er spürte wohl, daß der Zwiespalt in ihm selbst lag. Da war wieder Wagner, da war wieder die Welt des Schönen, aber ohne Zucht, des Reizenden, aber ohne Verstecktheit, ohne Scheu, ohne schlechtes Gewissen. Da steckte ein Feind in ihm, der ihm das Paradies verbot.

Die Tische in der Halle wurden jetzt von Dienern um-gestellt und ein freier Raum in der Mitte geschaffen. Ein Teil der Gäste war nicht wiedergekommen.

«Dableiben», rief ein Wunsch in dem einsamen Mann. Er spürte voraus, was für eine Nacht ihm bevorstand, wenn er jetzt fortging. Eine Nacht wie die vorige, wahr-scheinlich eine noch schlimmere. Wenig Schlaf, mit bösen Träumen, Hoffnungslosigkeit und Selbstquälerei, dazu das Geheul der Sinne, der Gedanke an die Kette von grünen Steinen auf der weißen und perlfarbigen Frauen-brust. Vielleicht war schon bald, bald der Punkt erreicht, wo das Leben nicht mehr auszuhalten war. Und er hing doch am Leben, sonderbar genug. Ja, tat er das? Wäre er denn sonst hier? Hätte er seine Frau verlassen, hätte er die Schiffe hinter sich verbrannt, hätte er diesen ganzen bösartigen Apparat in Anspruch genommen, alle diese Schnitte ins eigene Fleisch, und wäre er schließlich in diesen Süden hergereist, wenn er nicht am Leben hinge, wenn nicht Wunsch und Zukunft in ihm waren? Hatte er es nicht heut gefühlt, klar und wunderschön, bei dem guten Wein, vor dem geschlossenen Parktor, auf der Bank am Kai?

Er blieb und fand Platz am Tisch neben jenem, wo der Sänger und die Gelbe saßen. Dort waren sechs, sieben Menschen beisammen, welche sichtlich hier zu Hause waren, gewissermaßen ein Teil dieser Veranstaltung und Lustbarkeit waren. Er blickte beständig zu ihnen hinüber. Zwischen ihnen und den Stammgästen dieses Gartens be-stand Vertraulichkeit, auch die Leute vom Orchester kannten sie und gingen an ihrem Tische ab und zu oder riefen Witze herüber, sie nannten die Kellner du und mit den Vornamen. Es wurde deutsch, italienisch und französisch durcheinander gesprochen.

Klein betrachtete die Gelbe. Sie blieb ernst und kühl, er hatte sie noch nicht lächeln sehen, ihr beherrschtes Gesicht schien unveränderlich. Er konnte sehen, daß sie an ihrem Tische etwas galt, Männer und Mädchen hatten gegen sie einen Ton von kameradschaftlicher Achtung. Er hörte nun auch ihren Namen nennen: Teresina. Er besann sich, ob sie schön sei, ob sie ihm eigentlich gefalle. Er konnte es nicht sagen. Schön war ohne Zweifel ihr Wuchs und ihr Gang, sogar ungewöhnlich schön, ihre Haltung beim Sitzen und die Bewegungen ihrer sehr gepflegten Hände. An ihrem Gesicht und Blick aber beschäftigte und irritierte ihn die stille Kühle, die Sicherheit und Ruhe der Miene, das fast maskenhaft Starre. Sie sah aus wie ein Mensch, der seinen eigenen Himmel und seine eigene Hölle hat, welche niemand mit ihm teilen kann. Auch in dieser Seele, welche durchaus hart, spröde und vielleicht stolz, ja böse schien, auch in dieser Seele mußte Wunsch und Leidenschaft brennen. Welcherlei Gefühle suchte und liebte sie, welche floh sie? Wo waren ihre Schwächen, ihre Ängste, ihr Verborgenes? Wie sah sie aus, wenn sie lachte, wenn sie schlief, wenn sie weinte, wenn sie küßte?

Und wie kam es, daß sie nun seit einem halben Tage seine Gedanken beschäftigte, daß er sie beobachten, sie studieren, sie fürchten, sich über sie ärgern mußte, während er noch nicht einmal wußte, ob sie ihm gefalle oder nicht?

War sie vielleicht ein Ziel und Schicksal für ihn? Zog eine heimliche Macht ihn zu ihr, wie sie ihn nach dem Süden gezogen hatte? Ein eingeborener Trieb, eine Schicksalslinie, ein lebenslanger unbewußter Drang? War die Begegnung mit ihr ihm vorbestimmt? Über ihn verhängt?

Er hörte ein Bruchstück ihres Gesprächs mit angestrengtem Lauschen aus dem vielstimmigen Geplauder heraus. Zu einem hübschen, geschmeidigen, eleganten Jüngling mit gewelltem schwarzem Haar und glattem Gesicht hörte er sie sagen: «Ich möchte noch einmal richtig spielen, nicht hier, nicht um Pralinés, drüben in Castiglione oder in Monte Carlo.» Und dann, auf seine Antwort hin, nochmals: «Nein, Sie wissen ja gar nicht, wie das ist! Es ist vielleicht häßlich, es ist vielleicht nicht klug, aber es ist hinreißend.»

Nun wußte er etwas von ihr. Es machte ihm großes Vergnügen, sie beschlichen und belauscht zu haben. Durch ein erleuchtetes kleines Fenster hatte er, der Fremde, von außen her, auf Posten stehend, einen kurzen Späherblick in ihre Seele werfen können. Sie hatte Wünsche. Sie wurde von Verlangen gequält nach etwas, was erregend und gefährlich war, nach etwas, an das man sich verlieren konnte. Es war ihm lieb, das zu wissen. — Und wie war das mit Castiglione? Hatte er davon nicht heut schon einmal reden hören? Wann? Wo?

Einerlei, er konnte jetzt nicht denken. Aber er hatte jetzt wieder, wie schon mehrmals in diesen seltsamen Tagen, die Empfindung, daß alles, was er tat, hörte, sah und dachte, voll von Beziehung und Notwendigkeit war, daß ein Führer ihn leite, daß lange, ferne Ursachenreihen ihre Früchte trugen. Nun, mochten sie ihre Früchte tragen. Es war gut so.

Wieder überflog ihn ein Glücksgefühl, ein Gefühl von Ruhe und Sicherheit des Herzens, wunderbar entzückend für den, der die Angst und das Grauen kennt. Er erinnerte sich eines Wortes aus seiner Knabenzeit. Sie hatten, Schulknaben, miteinander darüber gesprochen, wie es wohl die Seiltänzer machen, daß sie so sicher und angstlos auf dem Seil gehen konnten. Und einer hatte gesagt: «Wenn du auf dem Stubenboden einen Kreidestrich ziehst, ist es gerade so schwer, genau auf diesem Kreidestrich vorwärtszugehen, wie auf dem dünnsten Seil. Und doch tut man es ruhig, weil keine Gefahr dabei ist. Wenn du dir vorstellst, es sei bloß ein Kreidestrich, und die Luft daneben sei Fußboden, dann kannst du auf jedem Seil sicher gehen.» Das fiel ihm ein. Wie schön war das! War es bei ihm nicht vielleicht umgekehrt? Ging es ihm nicht so, daß er auch auf einem ebenen Boden mehr ruhig und sicher gehen konnte, weil er ihn für ein Seil hielt?

Er war innig froh darüber, daß solche tröstliche Sachen ihm einfallen konnten, daß sie in ihm schlummerten und je und je zum Vorschein kamen. In sich innen trug man alles, worauf es ankam, von außen konnte niemand einem helfen. Mit sich selbst nicht im Krieg liegen, mit sich selbst in Liebe und Vertrauen leben — dann konnte man alles. Dann konnte man nicht nur seiltanzen, dann konnte man fliegen.

Eine Weile hing er, alles um sich her vergessend, diesen Gefühlen auf weichen, schlüpfrigen Pfaden der Seele in sich nachtastend wie ein Jäger und Pfadfinder, mit auf die Hand gestütztem Kopfe wie entrückt über seinem Tisch. In diesem Augenblick sah die Gelbe herüber und sah ihn an. Ihr Blick verweilte nicht lang, aber er las aufmerksam in seinem Gesicht, und als er es fühlte und ihr entgegenblickte, spürte er etwas wie Achtung, etwas wie Teilnahme und auch etwas wie Verwandtschaft. Diesmal tat ihr Blick ihm nicht weh, tat ihm nicht Unrecht. Diesmal, so fühlte er, sah sie ihn, ihn selbst, nicht seine Kleider und Manieren, seine Frisur und seine Hände, sondern das Echte, Unwandelbare, Geheimnisvolle an ihm, das Einmalige, Göttliche, das Schicksal.

Er bat ihr ab, was er heut Bittres und Häßliches über sie gedacht hatte. Aber nein, da war nichts abzubitten. Was er Böses und Törichtes über sie gedacht, gegen sie gefühlt hatte, das waren Schläge gegen ihn selbst gewesen, nicht gegen sie. Nein, es war gut so.

Plötzlich erschreckte ihn der Wiederbeginn der Musik. Das Orchester stimmte einen Tanz an. Aber die Bühne blieb leer und dunkel, statt auf sie waren die Blicke der Gäste nach dem leeren Viereck zwischen den Tischen gerichtet. Er erriet, es würde getanzt werden.

Aufblickend sah er am Nebentisch die Gelbe und den jungen bartlosen Elegant sich erheben. Er lächelte über sich, als er bemerkte, wie er auch gegen diesen Jüngling Widerstände fühlte, wie er nur mit Widerwillen seine Eleganz, seine sehr netten Manieren, sein hübsches Haar und Gesicht anerkannte. Der Jüngling bot ihr die Hand, führte sie in den freien Raum, ein zweites Paar trat an, und nun tanzten die beiden Paare elegant, sicher und hübsch einen Tango. Er verstand nicht viel davon, aber er sah bald, daß Teresina wunderbar tanze. Er sah: sie tat etwas, was sie verstand und bemeisterte, was in ihr lag und natürlich aus ihr herauskam. Auch der Jüngling mit dem gewellten schwarzen Haar tanzte gut, sie paßten zusammen. Ihr Tanz erzählte den Zuschauern lauter angenehme, lichte, einfache und freundliche Dinge. Leicht und zart lagen ihre Hände ineinander, willig und froh taten ihre Knie, ihre Arme, ihre Füße und Leiber die zartkräftige Arbeit. Ihr Tanz drückte Glück und Freude aus, Schönheit und Luxus, gute Lebensart und Lebenskunst. Er drückte auch Liebe und Geschlechtlichkeit aus, aber nicht wild und glühend, sondern eine Liebe voll Selbstverständlichkeit, Naivität und Anmut. Sie tanzten den reichen Leuten, den Kurgästen das Schöne vor, das in deren Leben lag und das diese selber nicht ausdrücken und ohne eine solche Hilfe nicht einmal empfinden konnten. Diese bezahlten, geschulten Tänzer dienten der guten Gesellschaft zu einem Ersatz. Sie, die selber nicht so gut und geschmeidig tanzten, die angenehme Spielerei ihres Lebens nicht recht genießen konnten, ließen sich von diesen Leuten vortanzen, wie gut sie es hatten. Aber das war es nicht allein. Sie ließen sich nicht nur eine Schwerelosigkeit und heitere Selbstherrlichkeit des Lebens vorspielen, sie wurden auch an Natur und Unschuld der Gefühle und Sinne gemahnt. Aus ihrem überhasteten und überarbeiteten oder auch faulen und übersättigten Leben, das zwischen wilder Arbeit, wildem Vergnügen und erzwungener Sanatoriums-

pönitenz pendelte, blickten sie lächelnd, dumm und heimlich gerührt auf den Tanz dieser hübschen und gewandten
jungen Menschen wie auf einen holden Lebensfrühling hin,
wie auf ein fernes Paradies, das man verloren hat und
von dem man nur noch an Feiertagen den Kindern erzählt, an das man kaum mehr glaubt, von dem man aber
nachts mit brennendem Begehren träumt.

Und nun ging während des Tanzes mit dem Gesicht der
Gelbhaarigen eine Veränderung vor, welcher Friedrich
Klein mit reinem Entzücken zuschaute. Ganz allmählich
und unmerklich, wie das Rosenrot über einen Morgen-
himmel, kam über ihr ernstes, kühles Gesicht ein langsam wachsendes, langsam sich erwärmendes Lächeln.
Gradaus vor sich hinblickend, lächelte sie wie erwachend,
so als sei sie, die Kühle, erst nun durch den Tanz zum
vollen Leben erwärmt worden. Auch der Tänzer lächelte,
und auch das zweite Paar lächelte, und auf allen vier
Gesichtern war es wunderhübsch, obwohl es wie maskenhaft und unpersönlich erschien — aber bei Teresina war
es am schönsten und geheimnisvollsten, niemand lächelte
so wie sie, so unberührt von außen, so im eigenen Wohl-
gefühl von innen her aufblühend. Er sah es mit tiefer
Rührung, es ergriff ihn wie die Entdeckung eines heimlichen Schatzes.

«Was für wundervolles Haar sie hat!» hörte er in
der Nähe jemand leise rufen. Er dachte daran, daß er
dies wundervolle blondgelbe Haar geschmäht und be-
zweifelt hatte.

Der Tango war zu Ende, Klein sah Teresina einen
Augenblick neben ihrem Tänzer stehen, der ihre linke
Hand mit den Fingern noch in Schulterhöhe hielt, und
sah den Zauber auf ihrem Gesicht nachleuchten und langsam schwinden. Es wurde halblaut geklatscht, und jedermann blickte den beiden nach, als sie mit schwebendem
Schritt an ihren Tisch zurückkehrten.

Der nächste Tanz, der nach einer kurzen Pause begann,

wurde nur von einem einzigen Paar ausgeführt, von Teresina und ihrem hübschen Partner. Es war ein freier Phantasietanz, eine kleine komplizierte Dichtung, beinahe schon eine Pantomime, die jeder Tänzer für sich allein spielte und die nur in einigen aufleuchtenden Höhepunkten und im galoppierend raschen Schlußsatz zum Paartanz wurde.

Hier schwebte Teresina, die Augen voll von Glück, so aufgelöst und innig dahin, folgte mit schwerelosen Gliedern so selig den Werbungen der Musik, daß es still in der Halle wurde und alle hingegeben auf sie schauten. Der Tanz endete mit einem heftigen Wirbel, wobei Tänzer und Tänzerin sich nur mit Händen und Fußspitzen berührten und sich, weit hintenüber hängend, bacchantisch im Kreise drehten.

Bei diesem Tanz hatte jederman das Gefühl, daß die beiden Tanzenden in ihren Gebärden und Schritten, in Trennung und Wiedervereinigung, in immer erneutem Wegwerfen und Wiedergreifen des Gleichgewichtes Empfindungen darstellten, die allen Menschen vertraut und zutiefst erwünscht sind, die aber nur von wenigen Glücklichen so einfach, stark und unverbogen erlebt werden: die Freude des gesunden Menschen an sich selber, die Steigerung dieser Freude in der Liebe zum andern, das gläubige Einverstandensein mit der eigenen Natur, die vertrauensvolle Hingabe an die Wünsche, Träume und Spiele des Herzens. Viele empfanden für einen Augenblick nachdenkliche Trauer darüber, daß zwischen ihrem Leben und ihren Trieben so viel Zwiespalt und Streit bestand, daß ihr Leben kein Tanz, sondern ein mühsames Keuchen unter Lasten war — Lasten, die schließlich nur sie selber sich aufgebürdet hatten.

Friedrich Klein blickte, während er dem Tanz folgte, durch viele vergangene Jahre seines Lebens hindurch wie durch einen finstern Tunnel, und jenseits lag in Sonne und Wind grün und strahlend das Verlorene, die Jugend, das starke einfache Fühlen, die gläubige Bereitschaft zum Glück — und all dies lag wieder seltsam nah, nur einen Schritt weit, durch Zauber herangezogen und gespiegelt.

Das innige Lächeln des Tanzes noch auf dem Gesicht, kam Teresina jetzt an ihm vorüber. Ihn durchfloß Freude und entzückte Hingabe. Und als habe er sie gerufen, blickte sie ihn plötzlich innig an, noch nicht erwacht, die Seele noch voll Glück, das süße Lächeln noch auf den Lippen. Und auch er lächelte ihr zu, dem nahen Glücksschimmer, durch den finstern Schacht so vieler verlorener Jahre.

Zugleich stand er auf, und gab ihr die Hand, wie ein alter Freund, ohne ein Wort zu sagen. Die Tänzerin nahm sie und hielt sie einen Augenblick fest, ohne stehenzubleiben. Er folgte ihr. Am Tisch der Künstler wurde ihm Platz gemacht, nun saß er neben Teresina und sah die länglichen grünen Steine auf der hellen Haut ihres Halses schimmern.

Er nahm nicht an den Gesprächen teil, von denen er das wenigste verstand. Hinter Teresinas Kopf sah er, im grelleren Licht der Gartenlaternen, die blühenden Rosenstämme, dunkle volle Kugeln, abgezeichnet, hier und da von Leuchtkäfern überflogen. Seine Gedanken ruhten, es gab nichts zu denken. Die Rosenkugeln schaukelten leicht im Nachtwind, Teresina saß neben ihm, an ihrem Ohr hing glitzernd der grüne Stein. Die Welt war in Ordnung.

Jetzt legte Teresina die Hand auf seinen Arm.

«Wir werden miteinander sprechen. Nicht hier. Ich erinnere mich jetzt, Sie im Park gesehen zu haben. Ich bin morgen dort, um die gleiche Zeit. Ich bin jetzt müde und muß bald schlafen. Gehen Sie lieber vorher, sonst pumpen meine Kollegen Sie an.»

Da ein Kellner vorüberlief, hielt sie ihn an:

«Eugenio, der Herr will zahlen.»

Er zahlte, gab ihr die Hand, zog den Hut, und ging davon, dem See nach, er wußte nicht wohin. Unmöglich, jetzt sich in sein Hotelzimmer zu legen. Er lief die Seestraße weiter, zum Städtchen und den Vororten hinaus, bis die Bänke am Ufer und die Anlagen ein Ende nahmen. Da setzte er sich auf die Ufermauer und sang vor sich hin, ohne Stimme, verschollene Liederbruchstücke aus Jugendjahren. Bis es kalt wurde und die steilen Berge eine feindselige Fremdheit annahmen. Da ging er zurück, den Hut in der Hand.

Ein verschlafener Nachtportier öffnete ihm die Tür.

«Ja, ich bin etwas spät», sagte Klein und gab ihm einen Franken.

«Oh, wir sind das gewohnt. Sie sind noch nicht der Letzte. Das Motorboot von Castiglione ist auch noch nicht zurück.»

3

Die Tänzerin war schon da, als Klein sich im Park einfand. Sie ging mit ihrem federnden Schritt im Innern des Gartens um die Rasenstücke und stand plötzlich am schattigen Eingang eines Gehölzes vor ihm.

Teresina musterte ihn aufmerksam mit den hellgrauen Augen, ihr Gesicht war ernst und etwas ungeduldig. Sofort im Gehen fing sie zu sprechen an.

«Können Sie mir sagen, was das gestern war? Wie kommt das, daß wir uns so in den Weg liefen? Ich habe darüber nachgedacht. Ich sah Sie gestern im Kursaalgarten zweimal. Das erste Mal standen Sie am Ausgang und sahen mich an, Sie sahen gelangweilt oder geärgert aus, und als ich Sie sah, fiel mir ein: dem bin ich schon einmal im Park begegnet. Es war kein guter Eindruck, und ich gab mir Mühe, Sie gleich wieder zu vergessen. Dann sah ich Sie wieder, kaum eine Viertelstunde später. Sie saßen am Nebentisch und sahen plötzlich ganz anders aus, ich merkte nicht gleich, daß Sie derselbe seien, der mir vorher begegnet war. Und dann, nach meinem Tanz, standen Sie auf einmal vor mir und hielten mich an der Hand, oder ich Sie, ich weiß nicht recht. Wie ging das zu? Sie müssen doch etwas wissen. Aber ich hoffe, Sie sind nicht etwa gekommen, um mir Liebeserklärungen zu machen?»

Sie sah ihn befehlend an.

«Ich weiß nicht», sagte Klein. «Ich bin nicht mit bestimmten Absichten gekommen. Ich liebe Sie, seit gestern, aber wir brauchen ja nicht davon zu sprechen.»

«Ja, sprechen wir von anderm. Es war gestern einen Augenblick etwas zwischen uns da, was mich beschäftigt und auch erschreckt hat, als hätten wir irgend etwas Ähnliches oder Gemeinsames. Was ist das? Und, die Hauptsache: Was war das für eine Verwandlung mit Ihnen? Wie war es möglich, daß Sie innerhalb einer Stunde zwei so ganz verschiedene Gesichter haben konnten? Sie sahen aus wie ein Mensch, der sehr Wichtiges erlebt hat.»

«Wie sah ich aus?» fragte er kindlich.

«Oh, zuerst sahen Sie aus wie ein älterer, etwas vergrämter, unangenehmer Herr. Sie sahen aus wie ein Philister, wie ein Mann, der gewohnt ist, den Zorn über seine eigene Unfähigkeit an andern auszulassen.»

Er hörte mit gespannter Teilnahme zu und nickte lebhaft. Sie fuhr fort:

«Und dann, nachher, das läßt sich nicht gut beschreiben. Sie saßen etwas vorgebückt; als Sie mir zufällig in die Augen fielen, dachte ich in der ersten Sekunde noch: Herrgott, haben diese Philister traurige Haltungen! Sie hatten den Kopf auf die Hand gestützt, und das sah nun plötzlich so seltsam aus: es sah aus, als wären Sie der einzige Mensch in der Welt, und als sei es Ihnen ganz und gar einerlei, was mit Ihnen und mit der ganzen Welt geschähe. Ihr Gesicht war wie eine Maske, schauderhaft traurig oder auch schauderhaft gleichgültig —»

Sie brach ab, schien nach Worten zu suchen, sagte aber nichts.

«Sie haben recht», sagte Klein bescheiden. «Sie haben o richtig gesehen, daß ich erstaunt sein müßte. Sie haben nich gelesen wie einen Brief. Aber eigentlich ist es ja nur natürlich und richtig, daß Sie das alles sahen.»

«Warum natürlich?»

«Weil Sie, auf eine etwas andere Art, beim Tanzen ganz das gleiche ausdrücken. Wenn Sie tanzen, Teresina, und auch sonst in manchen Augenblicken, sind Sie wie ein Baum oder ein Berg oder Tier, oder ein Stern, ganz für sich, ganz allein, Sie wollen nichts anderes sein, als was Sie sind, einerlei ob gut oder böse. Ist es nicht das gleiche, was Sie bei mir sahen?»

Sie betrachtete ihn prüfend, ohne Antwort zu geben.

«Sie sind ein wunderlicher Mensch», sagte sie dann zögernd. «Und wie ist das nun: sind Sie wirklich so, wie Sie da aussahen? Ist Ihnen wirklich alles einerlei, was mit Ihnen geschieht?»

«Ja. Nur nicht immer. Ich habe oft auch Angst. Aber dann kommt es wieder, und die Angst ist fort, und dann ist alles einerlei. Dann ist man stark. Oder vielmehr: einerlei ist nicht das Richtige: alles ist köstlich und willkommen, es sei, was es sei.»

«Einen Augenblick hielt ich es sogar für möglich, daß Sie ein Verbrecher wären.»

«Auch das ist möglich. Es ist sogar wahrscheinlich. Sehen Sie, ein ‚Verbrecher‘, das sagt man so, und man meint damit, daß einer etwas tut, was andre ihm verboten haben. Er selber aber, der Verbrecher, tut ja nur, was in ihm ist. — Sehen Sie, das ist die Ähnlichkeit, die wir beide haben: wir beide tun hier und da, in seltnen Augenblicken, das, was in uns ist. Nichts ist seltener, die meisten Menschen kennen das überhaupt nicht. Auch ich kannte es nicht, ich sagte, dachte, tat, lebte nur Fremdes, nur Gelerntes, nur Gutes und Richtiges, bis es eines Tages damit zu Ende war. Ich konnte nicht mehr, ich mußte fort, das Gute wir nicht mehr gut, das Richtige war nicht mehr richtig, das Leben war nicht mehr zu ertragen. Aber ich möchte es dennoch ertragen, ich liebe es sogar, obwohl es soviel Qualen bringt.»

«Wollen Sie mir sagen, wie Sie heißen und wer Sie sind?»

«Ich bin der, den Sie vor sich sehen, sonst nichts. Ich habe keinen Namen und keinen Titel und auch keinen Beruf. Ich mußte das alles aufgeben. Mit mir steht es so, daß ich nach einem langen braven und fleißigen Leben eines Tages aus dem Nest gefallen bin, es ist noch nicht lange her, und jetzt muß ich untergehen oder fliegen lernen. Die Welt geht mich nichts mehr an, ich bin jetzt ganz allein.»

Etwas verlegen fragte sie: «Waren Sie in einer Anstalt?»

«Verrückt, meinen Sie? Nein. Obwohl auch das ja möglich wäre.» Er wurde zerstreut, Gedanken packten ihn von innen. Mit beginnender Unruhe sprach er fort: «Wenn man darüber redet, wird auch das Einfachste gleich kompliziert und unverständlich. Wir sollten gar nicht davon sprechen! — Man tut das ja auch nur, man spricht nur dann darüber, wenn man es nicht verstehen will.»

«Wie meinen Sie das? Ich will wirklich verstehen. Glauben Sie mir! Es interessiert mich sehr.»

Er lächelte lebhaft.

«Ja, ja. Sie wollen sich darüber unterhalten. Sie haben etwas erlebt und wollen jetzt darüber reden. Ach, es hilft nichts. Reden ist der sichere Weg dazu, alles mißzuverstehen, alles seicht und öde zu machen. — Sie wollen mich ja nicht verstehen und auch sich selber nicht! Sie wollen bloß Ruhe haben vor der Mahnung, die Sie gespürt haben. Sie wollen mich und die Mahnung damit abtun, daß Sie die Etikette finden, unter der Sie mich einreihen können. Sie versuchen es mit dem Verbrecher und mit dem Geisteskranken, Sie wollen meinen Stand und Namen wissen. Das alles führt aber nur weg vom Verstehen, das alles ist Schwindel, liebes Fräulein, ist schlechter Ersatz für Verstehen, ist vielmehr Flucht vor dem Verstehenwollen, vor dem Verstehenmüssen.»

Er unterbrach sich, strich gequält mit der Hand über die Augen, dann schien ihm etwas Freundliches einzufallen, er lächelte wieder. «Ach, sehen Sie, als Sie und ich gestern einen Augenblick lang genau das gleiche fühlten, da sagten wir nichts und fragten nichts und dachten auch nichts — auf einmal gaben wir einander die Hand, und es war gut. Jetzt aber — jetzt reden wir und denken und erklären — und alles ist seltsam und unverständlich geworden, was so einfach war. Und doch wäre es ganz leicht für Sie, mich ebenso gut zu verstehen wie ich Sie.»

«Sie glauben mich so gut zu verstehen?»

«Ja, natürlich. Wie Sie leben, weiß ich nicht. Aber Sie leben, wie ich es auch getan habe und wie alle es tun, meistens im Dunkeln und an sich selber vorbei, irgendeinem Zweck, einer Pflicht, einer Absicht nach. Das tun fast alle Menschen, daran ist die ganze Welt krank, daran wird sie auch untergehen. Manchmal aber, beim Tanzen zum Beispiel, geht die Absicht oder Pflicht Ihnen verloren, und Sie leben auf einmal ganz anders. Sie fühlen auf einmal so, als wären Sie allein auf der Welt, oder als könnten Sie morgen tot sein, und da kommt alles heraus, was Sie wirklich sind. Wenn Sie tanzen, stecken Sie damit sogar andere an. Das ist Ihr Geheimnis.»

Sie ging eine Strecke weit rascher. Zu äußerst auf einem Vorsprung überm See blieb sie stehen.

«Sie sind sonderbar», sagte sie. «Manches kann ich verstehen. Aber — was wollen Sie eigentlich von mir?»

Er senkte den Kopf und sah einen Augenblick traurig aus.

«Sie sind es so gewohnt, daß man immer etwas von Ihnen haben will. Teresina, ich will von Ihnen nichts, was nicht Sie selber wollen und gerne tun. Daß ich Sie liebe, kann Ihnen gleichgültig sein. Es ist kein Glück, geliebt zu werden. Jeder Mensch liebt sich selber, und doch quälen sich Tausende ihr Leben lang. Nein, geliebt werden ist kein Glück. Aber lieben, das ist Glück!»

«Ich würde Ihnen gern irgendeine Freude machen, wenn ich könnte», sagte Teresina langsam, wie mitleidig.

«Das können Sie, wenn Sie mir erlauben, Ihnen irgendeinen Wunsch zu erfüllen.»

«Ach, was wissen Sie von meinen Wünschen!»

«Allerdings, Sie sollten keine haben. Sie haben ja den Schlüssel zum Paradies, das ist Ihr Tanz. Aber ich weiß, daß Sie doch Wünsche haben, und das ist mir lieb. Und nun wissen Sie: da ist einer, dem macht es Spaß, Ihnen jeden Wunsch zu erfüllen.»

Teresina besann sich. Ihre wachsamen Augen wurden wieder scharf und kühl. Was konnte er von ihr wissen? Da sie nichts fand, begann sie vorsichtig:

«Meine erste Bitte an Sie wäre, daß Sie aufrichtig sind. Sagen Sie mir, wer Ihnen etwas von mir erzählt hat.»

«Niemand. Ich habe niemals mit einem Menschen über Sie gesprochen. Was ich weiß — es ist sehr wenig — weiß ich von Ihnen selbst. Ich hörte Sie gestern sagen, daß Sie sich wünschen, einmal in Castiglione zu spielen.»

Ihr Gesicht zuckte.

«Ach so, Sie haben mich belauscht.»

«Ja, natürlich. Ich habe Ihren Wunsch verstanden. Weil Sie nicht immer einig mit sich sind, suchen Sie nach Erregung und Betäubung.»

«O nein, ich bin nicht so romantisch, wie Sie meinen. Ich suche beim Spiel nicht Betäubung, sondern einfach Geld. Ich möchte einmal reich sein oder doch sorgenfrei, ohne mich dafür verkaufen zu müssen. Das ist alles.»

«Das klingt so richtig, und doch glaube ich es nicht. Aber wie Sie wollen! Sie wissen ja im Grunde ganz gut, daß Sie sich nie zu verkaufen brauchen. Reden wir nicht davon! Aber wenn Sie Geld haben wollen, sei es nun zum Spielen oder sonst, so nehmen Sie es doch von mir! Ich habe mehr, als ich brauche, glaube ich, und lege keinen Wert darauf.»

Teresina zog sich wieder zurück.

«Ich kenne Sie ja kaum. Wie soll ich Geld von Ihnen nehmen?»

Er zog plötzlich den Hut, wie von einem Schmerz befallen, und brach ab.

«Was haben Sie?» rief Teresina.

«Nichts, nichts. — Erlauben Sie, daß ich gehe! Wir haben zuviel gesprochen, viel zuviel. Man sollte nie so viel sprechen.»

Und da lief er schon, ohne Abschied genommen zu haben, rasch und wie von Verzweiflung hingeweht durch den Baumgang fort. Die Tänzerin sah ihm mit gestauten, uneinigen Empfindungen nach, aufrichtig verwundert über ihn und über sich.

Er aber lief nicht aus Verzweiflung, sondern nur aus unerträglicher Spannung und Gefülltheit. Es war ihm plötzlich unmöglich geworden, noch ein Wort zu sagen, noch ein Wort zu hören, er mußte allein sein, mußte notwendig allein sein, denken, horchen, sich selber zuhören. Das ganze Gespräch mit Teresina hatte ihn selbst in Erstaunen gesetzt und überrascht, die Worte waren ohne seinen Willen so gekommen, es hatte ihn wie ein Würgen das heftige Bedürfnis befallen, seine Erlebnisse und Gedanken mitzuteilen, zu formen, auszusprechen, sie sich selber zuzurufen. Er war erstaunt über jedes Wort, das er sich sagen hörte, aber mehr und mehr fühlte er, wie er sich in etwas hineinredete, was nicht mehr einfach und richtig war, wie er unnützerweise das Unbegreifliche zu erklären versuchte — und mit einemmal war es ihm unerträglich geworden, er hatte abbrechen müssen.

Jetzt aber, wo er sich der vergangenen Viertelstunde wieder zu erinnern suchte, empfand er dies Erlebnis freudig und dankbar. Es war ein Fortschritt, eine Erlösung, eine Bestätigung.

Die Zweifelhaftigkeit, in welche die ganze gewohnte Welt für ihn gefallen war, hatte ihn furchtbar ermüdet und gepeinigt. Er hatte das Wunder erlebt, daß das Leben am sinnvollsten wird in den Augenblicken, wo alle Sinne und Bedeutungen uns verlorengehen. Immer wieder aber war ihm der peinliche Zweifel gekommen, ob diese Erlebnisse wirklich wesentlich seien, ob sie mehr seien als kleine zufällige Kräuselungen an der Oberfläche eines ermüdeten und erkrankten Gemütes, Launen im Grunde, kleine Nervenschwankungen. Jetzt hatte er gesehen, gestern abend und heute, daß sein Erlebnis wirklich war. Es hatte aus ihm gestrahlt und ihn verändert, es hatte einen andern Menschen zu ihm hergezogen. Seine Vereinsamung war durchbrochen, er liebte wieder, es gab jemand, dem er dienen und Freude machen wollte, er konnte wieder lächeln, wieder lachen!

Die Welle ging durch ihn hin wie Schmerz und wie Wollust, er zuckte vor Gefühl, Leben klang in ihm auf wie eine Brandung, unbegreiflich war alles. Er riß die Augen auf und sah: Bäume an einer Straße, Silberflocken im See, ein rennender Hund, Radfahrer — und alles war sonderbar, märchenhaft und beinahe allzu schön, alles wie nagelneu aus Gottes Spielzeugschachtel genommen, alles nur für ihn da, für Friedrich Klein, und er selbst nur dazu da, diesen Strom von Wunder und Schmerz und Freude durch sich hinzucken zu fühlen. Überall war Schönheit, in jedem Dreckhaufen am Weg, überall war tiefes Leiden, überall war Gott. Ja, das war Gott, und so hatte er ihn, vor unausdenklichen Zeiten, als Knabe einst empfunden und mit dem Herzen gesucht, wenn er «Gott» und «Allgegenwart» dachte. Herz, brich nicht vor Fülle!

Wieder schossen aus allen vergessenen Schächten seines Lebens frei gewordene Erinnerungen zu ihm empor, unzählbare: an Gespräche, an seine Verlobungszeit, an Kleider, die er als Kind getragen, an Ferienmorgen der Studentenzeit, und ordneten sich in Kreisen um einige feste

Mittelpunkte: um die Gestalt seiner Frau, um seine Mutter, um den Mörder Wagner, um Teresina. Stellen aus klassischen Schriftstellern fielen ihm ein und lateinische Sprichwörter, die ihn als Schüler einst ergriffen hatten, und törichte sentimentale Verse aus Volksliedern. Der Schatten seines Vaters stand hinter ihm, er erlebte wieder den Tod seiner Schwiegermutter. Alles, was je durch Auge und Ohr, durch Menschen und Bücher, mit Wonne oder Leid in ihn eingegangen und in ihm untergesunken war, alles schien wieder da zu sein, alles zugleich, aufgerührt und durcheinander gewirbelt, ohne Ordnung, doch voller Sinn, alles wichtig, alles bedeutungsvoll, alles unverloren.

Der Andrang wurde zur Qual, zu einer Qual, die von höchster Wollust nicht zu unterscheiden war. Sein Herz schlug rasch, Tränen standen ihm in den Augen. Er begriff, daß er nahe am Wahnsinn stehe, und wußte doch, daß er nicht wahnsinnig werden würde, und blickte zugleich in dies neue Seelenland des Irrsinns mit demselben Erstaunen und Entzücken wie in die Vergangenheit, wie in den See, wie in den Himmel: auch hier war alles zauberhaft, wohllaut und voll Bedeutung. Er begriff, warum im Glauben edler Völker der Wahnsinn für heilig galt. Er begriff alles, alles sprach zu ihm, alles war ihm erschlossen. Es gab keine Worte dafür, es war falsch und hoffnungslos, irgend etwas in Worten ausdenken und verstehen zu wollen! Man mußte nur offenstehen, nur bereit sein: dann konnte jedes Ding, dann konnte in unendlichem Zug wie in eine Arche Noahs die ganze Welt in einen hineingehen, und man besaß sie, verstand sie und war eins mit ihr.

Trauer ergriff ihn. Oh, wenn alle Menschen dies wüßten, dies erlebten! Wie wurde drauflos gelebt, drauflos gesündigt, wie blind und maßlos wurde gelitten! Hatte er nicht gestern noch sich über Teresina geärgert? Hatte er nicht gestern noch seine Frau gehaßt, sie angeklagt und für alles Leid seines Lebens verantwortlich machen wollen?

Wie traurig, wie dumm, wie hoffnungslos! Alles war doch so einfach, so gut, so sinnvoll, sobald man es von innen sah, sobald man hinter jedem Ding das Wesen stehen sah, ihn, Gott.

Hier bog ein Weg zu neuen Vorstellungsgärten und Bilderwäldern ein. Wendete er sein heutiges Gefühl der Zukunft zu, sprühten hundert Glücksträume auf, für ihn und für alle. Sein vergangenes, dumpfes, verdorbenes Leben sollte nicht beklagt, nicht angeklagt, nicht gerichtet werden, sondern erneut und ins Gegenteil verwandelt, voll Sinn, voll Freude, voll Güte, voll Liebe. Die Gnade, die er erlebt, mußte widerstrahlen und weiter wirken. Bibelsprüche kamen ihm in den Sinn, und alles, was er von begnadeten Frommen und Heiligen wußte. So hatte es immer begonnen, bei allen. Sie waren denselben harten und finstern Weg geführt worden wie er, feig und voll Angst, bis zur Stunde der Umkehr und Erleuchtung. «In der Welt habet ihr Angst», hatte Jesus zu seinen Jüngern gesagt. Wer aber die Angst überwunden hatte, der lebte nicht mehr in der Welt, sondern in Gott, in der Ewigkeit.

So hatten alle gelehrt, alle Weisen der ganzen Welt, Buddha und Schopenhauer, Jesus, die Griechen. Es gab nur eine Weisheit, nur einen Glauben, nur ein Denken: das Wissen von Gott in uns. Wie wurde das in den Schulen, Kirchen, Büchern und Wissenschaften verdreht und falsch gelehrt!

Mit weiten Flügelschlägen flog Kleins Geist durch die Bezirke seiner innern Welt, seines Wissens, seiner Bildung. Auch hier, wie in seinem äußern Leben, lag Gut um Gut, Schatz um Schatz, Quelle um Quelle, aber jedes für sich, abgesondert, tot und wertlos. Nun aber, mit dem Strahl des Wissens, mit der Erleuchtung, zuckte auch hier plötzlich Ordnung, Sinn und Formung durch das Chaos, Schöpfung begann, Leben und Beziehung sprang von Pol zu Pol. Sprüche entlegenster Kontemplation wurden selbstverständlich, Dunkles wurde hell, und das Einmaleins wurde zum mystischen Bekenntnis. Beseelt und liebeglühend ward auch diese Welt. Die Kunstwerke, die er in jüngeren Jahren geliebt hatte, klangen mit neuem Zauber herauf. Er sah: die rätselhafte Magie der Kunst öffnete sich demselben Schlüssel. Kunst war nichts andres als Betrachtung der Welt im Zustand der Gnade, der Erleuchtung. Kunst war: hinter jedem Ding Gott zeigen.

Flammend schritt der Beseligte durch die Welt, jeder Zweig an jedem Baume hatte teil an einer Ekstase, strebte edler empor, hing inniger herab, war Sinnbild und Offenbarung. Dünne violette Wolkenschatten liefen über den Seespiegel, schaudernd in zärtlicher Süße. Jeder Stein lag bedeutungsvoll neben seinem Schatten. So schön, so tief und heilig liebenswert war die Welt noch nie gewesen, oder nie mehr seit den geheimnisvollen, sagenhaften Jahren der ersten Kindheit. «So ihr nicht werdet wie die Kinder», fiel ihm ein, und er fühlte: ich bin wieder Kind geworden, ich bin ins Himmelreich eingegangen.

Als er Müdigkeit und Hunger zu spüren begann, fand er sich weit von der Stadt. Nun erinnerte er sich, woher er kam, was gewesen war, und daß er ohne Abschied von Teresina weggelaufen war. Im nächsten Dorf suchte er ein Wirtshaus. Ein kleiner ländlicher Weinschank, mit einem eingepflockten Holztisch im Gärtchen unterm Kirschlorbeer, zog ihn an. Er verlangte Essen, man hatte aber nichts als Wein und Brot. Eine Suppe, bat er, oder Eier, oder Schinken. Nein, es gab solche Sachen hier nicht. Niemand aß hier dergleichen bei der teuren Zeit. Er hatte erst mit der Wirtin, dann mit einer Großmutter verhandelt, die auf der Steinschwelle der Haustür saß und Wäsche flickte. Nun setzte er sich in den Garten unterm tiefschattenden Baum, mit Brot und herbem Rotwein. Im Nachbargarten, unsichtbar hinter Reblaub und aufgehängter Wäsche, hörte er zwei Mädchenstimmen singen. Plötzlich fuhr ein Wort des Liedes ihm ins Herz, ohne daß er es doch festhalten konnte. Es kam im nächsten

Vers wieder, es war der Name Teresina. Das Lied, ein
Couplet von halb komischer Art, handelte von einer
Teresina. Er verstand:

> La sua mama alla finestra
> Con una voce serpentina:
> Vieni a casa, o Teresina,
> Lasc' andare quel traditor!

Teresina! Wie liebte er sie! Wie herrlich war es, zu lieben!
Er legte den Kopf auf den Tisch und dämmerte,
schlummerte ein und erwachte wieder, mehrmals, oftmals.
Es war Abend. Die Wirtin kam und stellte sich vor den
Tisch, über den Gast verwundert. Er legte Geld hin, erbat
noch ein Glas Wein, fragte sie nach jenem Liede. Sie
wurde freundlich, brachte den Wein und blieb bei ihm
stehen. Er ließ sich das ganze Teresina-Lied vorsagen und
hatte große Freude an dem Vers:

> Io non sono traditore
> E ne meno lusinghero,
> Io son' figlio d'un ricco signore,
> Son' venuto per fare l'amor.

Die Wirtin meinte, jetzt könnte er eine Suppe haben,
sie koche ohnehin für ihren Mann, den sie erwarte.
Er aß Gemüsesuppe und Brot, der Wirt kam heim, an
den grauen Steindächern des Dorfes verglühte die späte
Sonne. Er fragte nach einem Zimmer, es wurde ihm eines
angeboten, eine Kammer mit dicken nackten Steinwänden.
Er nahm es. Noch nie hatte er in einer solchen Kammer
geschlafen, sie kam ihm vor wie das Gelaß aus einem
Räuberdrama. Nun ging er durch das abendliche Dorf,
fand einen kleinen Kramladen noch offen, bekam Schoko-
lade zu kaufen und verteilte sie an Kinder, die in Mengen
durch die Gasse schwärmten. Sie liefen ihm nach, Eltern

grüßten ihn, jedermann wünschte ihm gute Nacht, und er gab es zurück, nickte allen den alten und jungen Menschen zu, die auf den Schwellen und Vortreppen der Häuser saßen.

Mit Freude dachte er an seine Kammer im Wirtshaus, an diese primitive, höhlenhafte Unterkunft, wo der alte Kalk von den grauen Mauern blätterte und nichts Unnützes an den nackten Wänden hing, nicht Bild noch Spiegel, nicht Tapete noch Vorhang. Er lief durch das abendliche Dorf wie durch ein Abenteuer, alles war beglänzt, alles voll geheimer Versprechung.

In die Osteria zurückkehrend, sah er vom leeren und dunkeln Gastzimmer aus Licht in einem Türspalt, ging ihm nach und kam in die Küche. Der Raum erschien ihm wie eine Märchenhöhle, das wenige dünne Licht floß über einen roten steinernen Boden und verlief sich, ehe es die Wände und Decke erreichte, in dichte warme Dämmerung, und von dem ungeheuer und tiefschwarz herabhängenden Rauchfang schien eine unerschöpfliche Quelle von Finsternis auszufließen.

Die Frau saß da mit der Großmutter, sie saßen beide gebückt, klein und schwach auf niederen demütigen Schemeln, die Hände auf den Knien ausruhend. Die Wirtsfrau weinte, niemand kümmerte sich um den Eintretenden. Er setzte sich auf den Rand eines Tisches neben Gemüseresten, ein stumpfes Messer blinkte bleiern auf, im Lichtschein glühte blankes Kupfergeschirr rot an den Wänden. Die Frau weinte, die alte Graue stand ihr bei und murmelte mit ihr in der Mundart, er verstand allmählich, daß Hader im Hause und der Mann nach einem Streit wieder fortgegangen war. Er fragte, ob er sie geschlagen habe, bekam aber keine Antwort. Allmählich fing er an zu trösten. Er sagte, der Mann werde gewiß schon bald wiederkommen. Die Frau sagte scharf: «Heut nicht und vielleicht auch morgen nicht.» Er gab es auf, die Frau setzte sich aufrechter, man saß schweigend, das

Weinen war verstummt. Die Einfachheit des Vorgangs, zu dem keine Worte gemacht wurden, schien ihm wundervoll. Man hatte Streit gehabt, man hatte Schmerz empfangen, man hatte geweint. Jetzt war es vorbei, jetzt saß man still und wartete. Das Leben würde schon weitergehen. Wie bei Kindern. Wie bei Tieren. Nur nicht reden, nur nicht das Einfache kompliziert machen, nur nicht die Seele nach außen drehen.

Klein lud die Großmutter ein, Kaffee zu kochen, für sie alle drei. Die Frauen leuchteten auf, die Alte legte sofort Reisig in den Kamin, es knisterte von brechenden Zweigen, von Papier, von aufprasselnder Flamme. Im jäh aufflammenden Feuerschein sah er das Gesicht der Wirtin, von unten her beleuchtet, etwas vergrämt und doch beruhigt. Sie schaute ins Feuer, zwischenein lächelte sie, plötzlich stand sie auf, ging langsam zum Wasserhahn und wusch sich die Hände.

Dann saßen sie alle drei am Küchentisch und tranken den heißen schwarzen Kaffee, und einen alten Wacholderlikör dazu. Die Weiber wurden lebendiger, sie erzählten und fragten, lachten über Kleins mühsame und fehlerhafte Sprache. Ihm schien, er sei schon sehr lange hier. Wunderlich, was in diesen Tagen alles Platz hatte! Ganze Zeiträume und Lebensabschnitte fanden Raum in einem Nachmittag, jede Stunde schien mit Lebensfracht überladen. Sekundenlang zuckte Furcht in ihm wetterleuchtend auf, es könnte plötzlich Müdigkeit und Verbrauch der Lebenskraft ihn verhundertfacht überfallen und ihn aussaugen, wie Sonne einen Tropfen vom Felsen leckt. In diesen sehr flüchtigen, doch zuweilen wiederkehrenden Augenblicken, in diesem fremden Wetterleuchten sah er sich selbst leben, fühlte und sah in sein Gehirn und sah dort in beschleunigten Schwingungen einen unsäglich komplizierten, zarten, kostbaren Apparat vor tausendfacher Arbeit vibrieren, wie hinter Glas ein höchst sensibles Uhrwerk, das zu stören ein Stäubchen genügt.

Es wurde ihm erzählt, daß der Wirt sein Geld in unsichere Geschäfte stecke, viel außer Hause sei und da und dort Verhältnisse mit Frauen unterhalte. Kinder waren nicht da. Während Klein sich Mühe gab, die italienischen Worte für einfache Fragen und Auskünfte zu finden, arbeitete hinterm Glas das zarte Uhrwerk rastlos in feinem Fieber fort, jeden gelebten Moment sofort in seine Abrechnungen und Abwägungen einbeziehend.

Zeitig erhob er sich, um schlafen zu gehen. Er gab den beiden Frauen die Hand, der alten und der jungen, die ihn durchdringend ansah, während die Großmutter mit dem Gähnen kämpfte. Dann tastete er sich die dunkle Steintreppe hinauf, erstaunlich hohe Riesenstufen, in seine Kammer. Dort fand er Wasser in einem Tonkrug bereit, wusch sich das Gesicht, vermißte einen Augenblick Seife, Hausschuhe, Nachthemd, lag noch eine Viertelstunde im Fenster, auf das granitne Gesimse gestützt, zog sich dann vollends aus und legte sich in das harte Bett, dessen grobe Leinwand ihn entzückte und einen Schwall von holden ländlichen Vorstellungen weckte. War es nicht das einzig Richtige, stets so zu leben, in einem Raum aus vier Steinwänden, ohne den lächerlichen Kram der Tapeten, des Schmucks, der vielen Möbel, ohne all das übertriebene und im Grund barbarische Zubehör? Ein Dach überm Kopf, gegen den Regen, eine einfache Decke um sich, gegen die Kälte, etwas Brot und Wein oder Milch, gegen den Hunger, morgens die Sonne zum Wecken, abends die Dämmerung zum Einschlafen — brauchte der Mensch mehr?

Aber kaum hatte er das Licht gelöscht, so war Haus und Kammer und Dorf in ihm versunken. Er stand wieder am See bei Teresina und sprach mit ihr, konnte sich des heutigen Gespräches nur mit Mühe erinnern und wurde zweifelhaft, was er ihr eigentlich gesagt habe, ja ob nicht das ganze Gespräch nur ein Traum und Phantom von ihm gewesen sei. Die Dunkelheit tat ihm wohl — weiß Gott, wo er morgen aufwachen würde?

Ein Geräusch an der Tür weckte ihn. Leise wurde die Klinke gedreht, ein Faden dünnen Lichtes sank herein und zögerte im Spalt. Verwundert und doch im Augenblick wissend, blickte er hinüber, noch nicht in der Gegenwart. Da ging die Türe auf, mit einem Licht in der Hand stand die Wirtsfrau, barfuß, lautlos. Sie blickte zu ihm her, durchdringend, und er lächelte und streckte die Arme aus, tief erstaunt, gedankenlos. Da war sie schon bei ihm, und ihr dunkles Haar lag neben ihm auf dem rauhen Kissen.

Sie sprachen kein Wort. Von ihrem Kuß entzündet, zog er sie an sich. Die plötzliche Nähe und Wärme eines Menschen an seiner Brust, der fremde starke Arm um seinen Nacken erschütterte ihn seltsam — wie war diese Wärme ihm unbekannt, wie fremd, wie schmerzlich neu war ihm diese Wärme und Nähe — wie war er allein gewesen, wie sehr allein, wie lang allein! Abgründe und Flammenhöllen hatten zwischen ihm und aller Welt geklafft — und nun war da ein fremder Mensch gekommen, in wortlosem Vertrauen und Trostbedürfnis, eine arme, vernachlässigte Frau, so wie er selbst jahrelang ein vernachlässigter und verschüchterter Mann gewesen war, und hing an seinem Hals und gab und nahm und sog mit Gier den Tropfen Wonne aus dem kargen Leben, suchte trunken und doch schüchtern seinen Mund, spielte mit traurig zärtlichen Fingern in den seinen, rieb ihre Wange an seiner. Er richtete sich über ihrem blassen Gesichte auf und küßte sie auf beide geschlossene Augen und dachte: sie glaubt zu nehmen und weiß nicht, daß sie gibt, sie flüchtet ihre Vereinsamung zu mir und ahnt die meine nicht! Erst jetzt sah er sie, neben der er den ganzen Abend blind gesessen hatte, sah, daß sie lange, schlanke Hände und Finger hatte, hübsche Schultern und ein Gesicht voll von Schicksalsangst und blindem Kinderdurst, und ein halb ängstliches Wissen um kleine, holde Wege und Übungen der Zärtlichkeit.

Er sah auch und wurde traurig darüber, daß er selbst in der Liebe ein Knabe und Anfänger geblieben war, in

langer, lauer Ehe resigniert, schüchtern und doch ohne
Unschuld, begehrlich und doch voll von schlechtem Gewissen. Noch während er mit durstigen Küssen an Mund
und Brust des Weibes hing, noch während er ihre Hand
zärtlich und fast mütterlich auf seinen Haaren fühlte,
empfand er im voraus Enttäuschung und Druck im Herzen,
er fühlte das Schlimme wiederkommen: die Angst, und es
durchfloß ihn schneidend kalt die Ahnung und Furcht,
daß er tief in seinem Wesen nicht zur Liebe fähig sei, daß
Liebe ihm nur Qual und bösen Zauber bringen könne. Noch
ehe der kurze Sturm der Wollust vertobt war, schlug in
seiner Seele Bangigkeit und Mißtrauen das böse Auge auf,
Widerwille dagegen, daß er genommen worden sei statt
selbst zu nehmen und zu erobern, und Vorgefühl von Ekel.

Lautlos war die Frau wieder davongeschlüpft, samt
ihrem Kerzenlicht. Im Dunkeln lag Klein, und es kam
mitten in der Sättigung der Augenblick, den er schon vorher, schon vor Stunden in so viel ahnenden wetterleuchten-
den Sekunden gefürchtet, der schlimme Augenblick, wo
die überreiche Musik seines neuen Lebens in ihm nur noch
müde und verstimmte Saiten fand und tausend Lust-
gefühle plötzlich mit Müdigkeit und Angst bezahlt werden mußten. Mit Herzklopfen fühlte er alle Feinde auf
der Lauer liegen, Schlaflosigkeit, Depression und Alpdruck. Das rauhe Linnen brannte an seiner Haut, bleich
sah die Nacht durchs Fenster. Unmöglich, hierzubleiben
und wehrlos den kommenden Qualen standzuhalten! Ach,
es kam wieder, die Schuld und Angst kam wieder und die
Traurigkeit und die Verzweiflung! Alles Überwundene,
alles Vergangene kam wieder. Es gab keine Erlösung.

Hastig kleidete er sich an, ohne Licht, suchte vor der
Tür seine staubigen Stiefel, schlich hinab und aus dem
Hause und lief, auf müden, einsinkenden Beinen, verzweifelt durch Dorf und Nacht davon, von sich selbst
verhöhnt, von sich selbst verfolgt, von sich selbst gehaßt.

4

Ringend und verzweifelnd schlug sich Klein mit seinem Dämon. Was ihm seine Schicksalstage an Neuem, an Erkenntnis und Erlösung gebracht hatten, war in der trunkenen Gedankenhast und Hellsichtigkeit des vergangenen Tages zu einer Welle gestiegen, deren Höhe ihm unverlierbar erschienen war, während er schon wieder aus ihr zu sinken begann. Jetzt lag er wieder im Tal und Schatten, noch kämpfend, noch heimlich hoffend, aber tief verwundet. Einen Tag lang, einen kurzen, glänzenden Tag lang war es ihm gelungen, die einfache Kunst zu üben, die jeder Grashalm kann. Einen armen Tag lang hatte er sich selbst geliebt, sich selbst als Eines und Ganzes gefühlt, nicht in feindliche Teile zerspalten, er hatte sich geliebt, und in sich die Welt und Gott, und nichts als Liebe, Bestätigung und Freude war ihm von überall her entgegengekommen. Hätte gestern ein Räuber ihn überfallen, ein Polizist ihn verhaftet, es wäre Bestätigung, Lächeln, Harmonie gewesen! Und nun, mitten im Glück war er wieder umgefallen und klein geworden. Er ging mit sich ins Gericht, während sein Innerstes wußte, daß jedes Gericht falsch und töricht sei. Die Welt, welche einen herrlichen Tag lang durchsichtig und ganz von Gott erfüllt gewesen war, lag wieder hart und schwer, und jedes Ding hatte seinen eigenen Sinn, und jeder Sinn widersprach jedem andern. Die Begeisterung dieses Tages hatte wieder weichen, hatte sterben können! Sie, die heilige, war eine Laune gewesen, und die Sache mit Teresina eine Einbildung, und das Abenteuer im Wirtshaus eine zweifelhafte und anrüchige Geschichte.

Er wußte bereits, daß das würgende Angstgefühl nur dann verging, wenn er nicht an sich schulmeisterte und Kritik übte, nicht in den Wunden stocherte, in den alten Wunden. Er wußte: alles Schmerzende, alles Dumme, alles Böse wurde zum Gegenteil, wenn man es als Gott erkennen konnte, wenn man ihm in seine tiefsten Wurzeln nachging, die weit über das Weh und Wohl und Gut und Böse hinauf reichten. Er wußte es. Aber es war nichts dagegen zu tun, der böse Geist war in ihm, Gott war wieder ein Wort, schön und fern. Er haßte und verachtete sich, und dieser Haß kam, wenn es Zeit war, ebenso ungewollt und unabwendbar über ihn wie zu andern Zeiten die Liebe und das Vertrauen. Und so mußte es immer wieder gehen! Immer und immer wieder würde er die Gnade und das Selige erleben, und immer wieder das verfluchte Gegenteil, und nie würde sein Leben die Straße gehen, die sein eigener Wille ihm vorschrieb. Spielball und schwimmender Kork, würde er ewig hin und wider geschlagen werden. Bis es zu Ende war, bis einmal eine Welle sich überschlug und Tod oder Wahnsinn ihn aufnahm. Oh, möchte es bald sein!

Zwangsweise kehrten die ihm längst so bitter vertrauten Gedanken wieder, unnütze Sorgen, unnütze Ängste, unnütze Selbstanklagen, deren Unsinn einzusehen nur eine Qual mehr war. Eine Vorstellung kehrte wieder, die er kürzlich (ihm schien, es seien Monate dazwischen) auf der Reise gehabt hatte: Wie gut es wäre, sich auf die Schienen unter einen Bahnzug zu stürzen, den Kopf voran! Diesem Bilde ging er begierig nach, atmete es wie Äther ein: den Kopf voran, alles in Splitter und Fetzen gehauen und gemahlen, alles auf die Räder gewickelt und auf den Schienen zu nichts zerrieben! Tief fraß sein Leid sich in diese Visionen ein, mit Beifall und Wollust hörte, sah und schmeckte er die gründliche Zerstörung des Friedrich Klein, fühlte sein Herz und Gehirn zerrissen, verspritzt, zerstampft, den schmerzenden Kopf zerkracht, die schmerzenden Augen ausgelaufen, die Leber zerknetet, die Nieren zerrieben, das Haar wegrasiert, die Knochen, Knie und Kinn zerpulvert. Das war es, was der Totschläger Wagner hatte fühlen wollen, als er seine Frau, seine Kinder und sich selbst im Blut ersäufte. Genau dies war es. Oh, er verstand ihn so gut! Er selbst war Wagner war ein Mensch von guten Gaben, fähig das Göttliche zu fühlen, fähig zu lieben, aber allzu beladen, allzu nachdenklich, allzu leicht zu ermüden. allzu wohl unterrichtet über seine Mängel und Krankheiten. Was in aller Welt hatte solch ein Mensch, solch ein Wagner, solch ein Klein denn zu tun? Immer die Kluft vor Augen, die ihn von Gott trennte, immer den Riß der Welt durch sein eignes Herz gehen fühlend, ermüdet, aufgerieben vom ewigen Aufschwung zu Gott, der ewig mit Rückfall endete — was sollte solch ein Wagner, solch ein Klein anderes tun als sich auslöschen, sich und alles was an ihn erinnern konnte, und sich zurückwerfen in den dunkeln Schoß, aus dem der Unausdenkliche immer und ewig wieder die vergängliche Welt der Gestaltungen ausstieß? Nein, es war nichts anderes möglich! Wagner mußte gehen, Wagner mußte sterben, Wagner mußte sich aus dem Buch des Lebens ausstreichen. Es mochte vielleicht nutzlos sein, sich umzubringen, es mochte vielleicht lächerlich sein. Vielleicht war alles das ganz richtig, was die Bürger, in jener anderen Welt drüben, über den Selbstmord sagten. Aber gab es irgend etwas für den Menschen in diesem Zustande, das nicht nutzlos, das nicht lächerlich war? Nein, nichts. Immer noch besser, den Schädel unter den Eisenrädern zu haben, ihn krachen zu fühlen und mit Willen in den Abgrund zu tauchen.

Auf schwankenden Knien hielt er sich Stunde um Stunde rastlos unterwegs. Auf den Schienen einer Bahnlinie, an die der Weg ihn geführt hatte, lag er einige Zeit, schlummerte sogar ein, den Kopf auf dem Eisen, erwachte wieder und hatte vergessen, was er wollte, stand auf, wehte taumelnd weiter, Schmerzen an den Sohlen, Qualen im Kopf, zuweilen fallend, von einem Dorn verletzt, zuweilen leicht und wie schwebend, zuweilen Schritt um Schritt mühsam bezwingend.

«Jetzt reitet mich der Teufel reif!» sang er heiser vor

sich hin. Reif werden! Unter Qualen fertig gebraten, zu Ende geröstet werden, wie der Kern im Pfirsich, um reif zu sein, um sterben zu können!

Ein Funke schwamm hier in seiner Finsternis, an den hing er alsbald alle Inbrunst seiner zerrissenen Seele. Ein Gedanke: es war nutzlos, sich zu töten, sich jetzt zu töten, es hatte keinen Wert, sich Glied für Glied auszurotten und zu zerschlagen, es war nutzlos! Gut aber und erlösend war es, zu leiden, unter Qualen und Tränen reif gegoren, unter Schlägen und Schmerzen fertig geschmiedet zu werden. Dann durfte man sterben, und dann war es ein gutes Sterben, schön und sinnvoll, das Seligste der Welt, seliger als jede Liebesnacht: ausgeglüht und völlig hingegeben in den Schoß zurückzufallen, zum Erlöschen, zum Erlösen, zur Neugeburt. Solch ein Tod, solch ein reifer und guter, edler Tod allein hatte Sinn, nur er war Erlösung, nur er war Heimkehr. Sehnsucht weinte in seinem Herzen auf. Oh, wo war der schmale, schwere Weg, wo war die Pforte? Er war bereit, er sehnte sich mit jeder Zuckung seines von Ermattung zitternden Leibes, seiner von Todespein geschüttelten Seele.

Als der Morgen am Himmel aufgraute und der bleierne See im ersten kühlen Silberblitz erwachte, stand der Gejagte in einem kleinen Kastanienwalde, hoch über See und Stadt, zwischen Farnkraut und hohen, blühenden Spiräen, feucht vom Tau. Mit erloschenen Augen, doch lächelnd, starrte er in die wunderliche Welt. Er hatte den Zweck seiner triebhaften Irrfahrt erreicht: er war so todmüde, daß die geängstigte Seele schwieg. Und, vor allem, die Nacht war vorbei! Der Kampf war gekämpft, eine Gefahr war überstanden. Von der Erschöpfung gefällt, sank er wie ein Toter zwischen Farn und Wurzeln auf den Waldboden, den Kopf ins Heidelbeerkraut, vor seinen versagenden Sinnen schmolz die Welt hinweg. Die Hände ins Gekräut geballt, Brust und Gesicht an der Erde, gab er sich hungernd dem Schlafe hin, als sei es der ersehnte letzte.

In einem Traume, von dem nur wenige Bruchstücke ihm nachher erinnerlich waren, sah er folgendes: An einem Tor, das wie der Eingang zu einem Theater aussah, hing ein großes Schild mit einer riesigen Aufschrift: sie hieß (das war unentschieden) entweder «Lohengrin» oder «Wagner». Zu diesem Tore ging er hinein. Drinnen war eine Frau, die glich der Wirtsfrau von heute nacht, aber auch seiner eigenen Frau. Ihr Kopf war entstellt, er war zu groß, und das Gesicht zu einer fratzenhaften Maske verändert. Widerwille gegen diese Frau ergriff ihn mächtig, er stieß ihr ein Messer in den Leib. Aber eine andere Frau, wie ein Spiegelbild der ersten, kam von hinten über ihn, rächend, schlug ihm scharfe, starke Krallen in den Hals und wollte ihn erwürgen.

Beim Aufwachen aus diesem tiefen Schlaf sah er verwundert Wald über sich und war steif vom harten Liegen, doch erfrischt. Mit leiser Beängstigung klang der Traum in ihm nach. Was für seltsame, naive und negerhafte Spiele der Phantasie! dachte er, einen Augenblick lächelnd, als ihm die Pforte mit der Aufforderung zum Eintritt in das Theater «Wagner» wieder einfiel. Welche Idee, sein Verhältnis zu Wagner so darzustellen! Dieser Traumgeist war roh, aber genial. Er traf den Nagel auf den Kopf. Und er schien alles zu wissen! Das Theater mit der Aufschrift «Wagner», war das nicht er selbst, war es nicht die Aufforderung, in sich selbst einzutreten, in das fremde Land seines wahren Innern? Denn Wagner war er selber — Wagner war der Mörder und Gejagte in ihm, aber Wagner war auch der Komponist, der Künstler, das Genie, der Verführer, die Neigung zu Lebenslust, Sinnenlust, Luxus — Wagner war der Sammelname für alles Unterdrückte, Untergesunkene, zu kurz Gekommene in dem ehemaligen Beamten Friedrich Klein. Und «Lohengrin» — war nicht auch das er selbst, Lohengrin, der irrende Ritter mit dem geheimnisvollen Ziel, den man nicht nach seinem Namen fragen darf? Das weitere war unklar, die Frau mit dem furchtbaren Maskenkopf und die andere mit den Krallen — der Messerstoß in ihren Bauch erinnerte ihn auch noch an irgend etwas, er hoffte es noch zu finden — die Stimmung von Mord und Todesgefahr war seltsam und grell vermischt mit der von Theater, Masken und Spiel.

Beim Gedanken an die Frau und das Messer sah er einen Augenblick deutlich sein eheliches Schlafzimmer vor sich. Da mußte er an die Kinder denken — wie hatte er die vergessen können! Er dachte an sie, wie sie morgens in ihren Nachthemdchen aus den kleinen Betten kletterten. Er mußte an ihre Namen denken, besonders an Elly. Oh, die Kinder! Langsam liefen ihm Tränen aus den Augen über das übernächtige Gesicht. Er schüttelte den Kopf, erhob sich mit einiger Mühe und begann Laub und Erdkrumen von seinen zerdrückten Kleidern zu lesen. Nun erst erinnerte er sich klar dieser Nacht, der kahlen Steinkammer in der Dorfschenke, der fremden Frau an seiner Brust, seiner Flucht, seiner gehetzten Wanderung. Er sah dies kleine, entstellte Stück Leben an wie ein Kranker die abgezehrte Hand, den Ausschlag an seinem Bein anschaut.

In gefaßter Trauer, noch mit Tränen in den Augen, sagte er leise vor sich hin: «Gott, was hast du noch mit mir im Sinn?» Aus den Gedanken der Nacht klang nur die eine Stimme voll Sehnsucht in ihm fort: nach Reifsein, nach Heimkehr, nach Sterbendürfen. War denn sein Weg noch weit? War die Heimat noch fern? War noch viel, viel Schweres, war noch Unausdenkliches zu leiden? Er war bereit dazu, er bot sich hin, sein Herz stand offen: Schicksal, stoß zu!

Langsam kam er durch Bergwiesen und Weinberge gegen die Stadt hinabgeschritten. Er suchte sein Zimmer auf, wusch und kämmte sich, wechselte die Kleider. Er ging speisen, trank etwas von dem guten Wein, und spürte die Ermüdung in den steifen Gliedern sich lösen und wohlig werden. Er erkundigte sich, wann im Kursaal getanzt werde, und ging zur Teestunde hin.

Teresina tanzte eben, als er eintrat. Er sah das eigentümlich glänzende Tanzlächeln auf ihrem Gesicht wieder und freute sich. Er begrüßte sie, als sie zu ihrem Tisch zurückging, und nahm dort Platz.

«Ich möchte Sie einladen, heute abend mit mir nach Castiglione zu fahren», sagte er leise.

Sie besann sich.

«Gleich heut?» fragte sie. «Eilt es so sehr?»

«Ich kann auch warten. Aber es wäre hübsch. Wo darf ich Sie erwarten?»

Sie widerstand der Einladung nicht und nicht dem kindlichen Lachen, das für Augenblicke seltsam hübsch in seinem zerfurchten, einsamen Gesicht hing, wie an der letzten Wand eines abgebrannten und eingerissenen Hauses noch eine frohe bunte Tapete hängt.

«Wo waren Sie denn?» fragte sie neugierig. «Sie waren gestern so plötzlich verschwunden. Und jedesmal haben Sie ein anderes Gesicht, auch heute wieder. — Sie sind doch nicht Morphinist?»

Er lachte nur, mit einem seltsam hübschen und etwas fremdartigen Lachen, bei dem sein Mund und Kinn ganz knabenhaft aussah, während über Stirn und Augen unverändert der Dornenreif lag.

«Bitte, holen Sie mich gegen neun Uhr ab, im Restaurant des Hotel Esplanade. Ich glaube, um neun geht ein Boot. Aber sagen Sie, was haben Sie seit gestern gemacht?»

«Ich glaube, ich war spazieren, den ganzen Tag, und auch die ganze Nacht. Ich habe eine Frau in einem Dorf trösten müssen, weil ihr Mann fortgelaufen war. Und dann habe ich mir viel Mühe mit einem italienischen Lied gegeben, das ich lernen wollte, weil es von einer Teresina handelt.»

«Was ist das für ein Lied?»

«Es fängt an: Su in cima di quel boschetto.»

«Um Gottes willen, diesen Gassenhauer kennen Sie

auch schon? Ja, der ist jetzt in Mode bei den Laden-mädchen.»

«Oh, ich finde das Lied sehr hübsch.»

«Und eine Frau haben Sie getröstet?»

«Ja, sie war traurig, ihr Mann war weggelaufen und war ihr untreu.»

«So? Und wie haben Sie sie getröstet?»

«Sie kam zu mir, um nicht mehr allein zu sein. Ich habe sie geküßt und bei mir liegen gehabt.»

«War sie denn hübsch?»

«Ich weiß nicht, ich sah sie nicht genau. — Nein, lachen Sie nicht, nicht hierüber! Es war so traurig.»

Sie lachte dennoch. «Wie sind Sie komisch! Nun, und geschlafen haben Sie überhaupt nicht? Sie sehen da-nach aus.»

«Doch, ich habe mehrere Stunden geschlafen, in einem Wald dort oben.»

Sie blickte seinem Finger nach, der in die Saaldecke deutete, und lachte laut.

«In einem Wirtshaus?»

«Nein, im Wald. In den Heidelbeeren. Sie sind schon beinahe reif.»

«Sie sind ein Phantast. — Aber ich muß tanzen, der Direktor klopft schon. — Wo sind Sie, Claudio?»

Der schöne, dunkle Tänzer stand schon hinter ihrem Stuhl, die Musik begann. Am Schluß des Tanzes ging er.

Abends holte er sie pünktlich ab und war froh, den Smoking angezogen zu haben, denn Teresina hatte sich überaus festlich gekleidet, violett mit vielen Spitzen, und sah wie eine Fürstin aus.

Am Strande führte er Teresina nicht zum Kursschiff, sondern in ein hübsches Motorboot, das er für den Abend gemietet hatte. Sie stiegen ein, in der halboffenen Kajüte lagen Decken für Teresina bereit und Blumen. Mit scharfer Kurve schnob das rasche Boot zum Hafen hinaus in den See.

Draußen in der Nacht und Stille sagte Klein: «Teresina, ist es nicht eigentlich schade, jetzt dort hinüber unter die vielen Menschen zu gehen? Wenn Sie Lust haben, fahren wir weiter, ohne Ziel, solang es uns gefällt, oder wir fahren in irgendein hübsches stilles Dorf, trinken einen Landwein und hören zu, wie die Mädchen singen. Was meinen Sie?»

Sie schwieg, und er sah alsbald Enttäuschung auf ihrem Gesicht. Er lachte.

«Nun, es war ein Einfall von mir, verzeihen Sie. Sie sollen vergnügt sein und haben, was Ihnen Spaß macht, ein andres Programm haben wir nicht. In zehn Minuten sind wir drüben.»

«Interessiert Sie denn das Spiel gar nicht?» fragte sie.

«Ich werde ja sehen, ich muß es erst probieren. Der Sinn davon ist mir noch etwas dunkel. Man kann Geld gewinnen und Geld verlieren. Ich glaube, es gibt stärkere Sensationen.»

«Das Geld, um das gespielt wird, braucht ja nicht bloß Geld zu sein. Es ist für jeden ein Sinnbild, jeder gewinnt oder verliert nicht Geld, sondern all die Wünsche und Träume, die es für ihn bedeutet. Für mich bedeutet es Freiheit. Wenn ich Geld habe, kann niemand mir mehr befehlen. Ich lebe, wie ich will. Ich tanze, wann und wo und für wen ich will. Ich reise, wohin ich will.»

Er unterbrach sie.

«Was sind Sie für ein Kind, liebes Fräulein! Es gibt keine solche Freiheit, außer in Ihren Wünschen. Werden Sie morgen reich und frei und unabhängig — übermorgen verlieben Sie sich in einen Kerl, der Ihnen das Geld wieder abnimmt oder der Ihnen bei Nacht den Hals abschneidet.»

«Reden Sie nicht so scheußlich! Also: wenn ich reich wäre, würde ich vielleicht einfacher leben als jetzt, aber ich täte es, weil es mir Spaß machte, freiwillig und nicht aus Zwang. Ich hasse Zwang! Und sehen Sie, wenn ich nun mein Geld im Spiel einsetze, dann sind bei jedem

Verlust und Gewinn alle meine Wünsche beteiligt, es geht um alles, was mir wertvoll und begehrenswert ist, und das gibt ein Gefühl, das man sonst nicht leicht findet.»

Klein sah sie an, während sie sprach, ohne sehr auf ihre Worte zu achten. Ohne es zu wissen, verglich er Teresinas Gesicht mit dem Gesicht jener Frau, von der er im Walde geträumt hatte.

Erst als das Boot in die Bucht von Castiglione einfuhr, wurde es ihm bewußt, denn jetzt erinnerte ihn der Anblick des beleuchteten Blechschildes mit dem Stationsnamen heftig an das Schild im Traum, auf welchem «Lohengrin» oder «Wagner» gestanden hatte. Genau so hatte jenes Schild ausgesehen, genau so groß, so grau und weiß, so grell beleuchtet. War dies hier die Bühne, die auf ihn wartete? Kam er hier zu Wagner? Nun fand er auch, daß Teresina der Traumfrau glich, vielmehr den beiden Traumfrauen, deren eine er mit dem Messer totgestochen, deren andre ihn tödlich mit den Krallen gewürgt hatte. Ein Schrecken lief ihm über die Haut. Hing denn das alles zusammen? Wurde er wieder von unbekannten Geistern geführt? Und wohin? Zu Wagner? Zu Mord? Zu Tod?

Beim Aussteigen nahm Teresina seinen Arm, und so Arm in Arm gingen sie durch den kleinen bunten Lärm der Schifflände, durchs Dorf und in das Kasino. Hier gewann alles jenen halb reizenden, halb ermüdenden Schimmer von Unwahrscheinlichkeit, den die Veranstaltungen gieriger Menschen stets da bekommen, wo sie fern den Städten in stille Landschaften verirrt stehen. Die Häuser waren zu groß und zu neu, das Licht zu reichlich, die Säle zu prächtig, die Menschen zu lebhaft. Zwischen den großen, finsteren Bergzügen und dem weiten, sanften See hing der kleine dichte Bienenschwarm begehrlicher und übersättigter Menschen so ängstlich gedrängt, als sei er keine Stunde seiner Dauer gewiß, als könne jeden Augenblick etwas geschehen, das ihn wegwischte. Aus Sälen, wo gespeist und Champagner getrunken wurde, quoll süße überhitzte Geigenmusik heraus, auf Treppen zwischen Palmen und laufenden Brunnen glühten Blumengruppen und Frauenkleider durcheinander, bleiche Männergesichter über offnen Abendröcken, blaue Diener mit Goldknöpfen geschäftig, dienstbar und vielwissend, duftende Weiber mit südlichen Gesichtern bleich und glühend, schön und krank, und nordische derbe Frauen drall, befehlend und selbstbewußt, alte Herren wie aus Illustrationen zu Turgenjew und Fontane.

Klein fühlte sich unwohl und müde, sobald sie die Säle betraten. Im großen Spielsaal zog er zwei Tausenderscheine aus der Tasche.

«Wie nun?» fragte er. «Wollen wir gemeinsam spielen?»

«Nein, nein, das ist nichts. Jeder für sich.»

Er gab ihr einen Schein und bat sie, ihn zu führen. Sie standen bald an einem Spieltisch. Klein legte seine Banknote auf eine Nummer, das Rad wurde gedreht, er verstand nichts davon, sah nur seinen Einsatz weggewischt und verschwunden. Das geht schnell, dachte er befriedigt, und wollte Teresina zulachen. Sie war nicht mehr neben ihm. Er sah sie bei einem andern Tisch stehen und ihr Geld wechseln. Er ging hinüber. Sie sah nachdenklich, besorgt und sehr beschäftigt aus wie eine Hausfrau.

Er folgte ihr an einen Spieltisch und sah ihr zu. Sie kannte das Spiel und folgte ihm mit scharfer Aufmerksamkeit. Sie setzte kleine Summen, nie mehr als fünfzig Franken, bald hier, bald dort, gewann einige Male, steckte Scheine in ihre perlengestickte Handtasche, zog wieder Scheine heraus.

«Wie geht's?» fragte er zwischenein.

Sie war empfindlich über die Störung.

«Oh, lassen Sie mich spielen! Ich werde es schon gut machen.» Bald wechselte sie den Tisch, er folgte ihr, ohne daß sie ihn sah. Da sie so sehr beschäftigt war und seine

Dienste nie in Anspruch nahm, zog er sich auf eine Lederbank an der Wand zurück. Einsamkeit schlug über ihm zusammen. Er versank wieder in Nachdenken über seinen Traum. Es war sehr wichtig, ihn zu verstehen. Vielleicht würde er nicht oft mehr solche Träume haben, vielleicht waren sie wie im Märchen die Winke der guten Geister: zweimal, auch dreimal wurde man gelockt, oder wurde gewarnt, war man dann immer noch blind, so nahm das Schicksal seinen Lauf, und keine befreundete Macht griff mehr ins Rad. Von Zeit zu Zeit blickte er nach Teresina aus, sah sie an einem Tische bald sitzen, bald stehen, hell schimmerte ihr gelbes Haar zwischen den Fräcken.

Wie lang sie mit den tausend Franken ausreicht! dachte er gelangweilt, bei mir ging das schneller.

Einmal nickte sie ihm zu. Einmal, nach einer Stunde, kam sie herüber, fand ihn in sich versunken und legte ihm die Hand auf den Arm.

«Was machen Sie? Spielen Sie denn nicht?»

«Ich habe schon gespielt.»

«Verloren?»

«Ja. Oh, es war nicht viel.»

«Ich habe etwas gewonnen. Nehmen Sie von meinem Geld.»

«Danke, heut nicht mehr. — Sind Sie zufrieden?»

«Ja, es ist schön. Nun, ich gehe wieder. Oder wollen Sie schon nach Hause?»

Sie spielte weiter, da und dort sah er ihr Haar zwischen den Schultern der Spieler aufglänzen. Er brachte ihr ein Glas Champagner hinüber und trank selbst ein Glas. Dann setzte er sich wieder auf die Lederbank an der Wand.

Wie war das mit den beiden Frauen im Traum? Sie hatten seiner eigenen Frau geglichen und auch der Frau im Dorfwirtshaus und auch Teresina. Von andern Frauen wußte er nicht, seit Jahren nicht. Die eine Frau hatte er erstochen, voll Abscheu über ihr verzerrtes geschwollenes Gesicht. Die andre hatte ihn überfallen, von hinten, und erwürgen wollen. Was war nun richtig? Was war bedeutsam? Hatte er seine Frau verwundet, oder sie ihn? Würde er an Teresina zugrunde gehen, oder sie an ihm? Konnte er eine Frau nicht lieben, ohne ihr Wunden zu schlagen, und ohne von ihr verwundet zu werden? War das sein Fluch? Oder war das allgemein? Ging es allen so? War alle Liebe so?

Und was verband ihn mit dieser Tänzerin? Daß er sie liebte? Er hatte viele Frauen geliebt, die nie davon erfahren hatten. Was band ihn an sie, die drüben stand und das Glücksspiel wie ein ernstes Geschäft betrieb? Wie war sie kindlich in ihrem Eifer, in ihrer Hoffnung, wie war sie gesund, naiv und lebenshungrig! Was würde sie davon verstehen, wenn sie seine tiefste Sehnsucht kannte, das Verlangen nach Tod, das Heimweh nach Erlöschen, nach Rückkehr in Gottes Schoß! Vielleicht würde sie ihn lieben, schon bald, vielleicht würde sie mit ihm leben — aber würde es anders sein, als es mit seiner Frau gewesen war? Würde er nicht, immer und immer, mit seinen innigsten Gefühlen allein sein?

Teresina unterbrach ihn. Sie blieb bei ihm stehen und gab ihm ein Bündel Banknoten in die Hand.

«Bewahren Sie mir das auf, bis nachher.»

Nach einer Zeit, er wußte nicht, war es lang oder kurz, kam sie wieder und erbat das Geld zurück.

Sie verliert, dachte er, Gott sei Dank! Hoffentlich ist sie bald fertig.

Kurz nach Mitternacht kam sie, vergnügt und etwas erhitzt. «So, ich höre auf. Sie Armer sind gewiß müde. Wollen wir nicht noch einen Bissen essen, eh wir heimfahren?»

In einem Speisesaal aßen sie Schinkeneier und Früchte und tranken Champagner. Klein erwachte und wurde munter. Die Tänzerin war verändert, froh und in einem leichten süßen Rausch. Sie sah und wußte wieder, daß sie schön war und schöne Kleider trug, sie spürte die Blicke der Männer, die von benachbarten Tischen herüber warben, und auch Klein fühlte die Verwandlung, sah sie wieder von Reiz und holder Verlockung umgeben, hörte wieder den Klang von Herausforderung und Geschlecht in ihrer Stimme, sah wieder ihre Hände weiß und ihren Hals perlfarben aus den Spitzen steigen.

«Haben Sie auch tüchtig gewonnen?» fragte er lachend.

«Es geht, noch nicht das große Los. Es sind etwa fünftausend.»

«Nun, das ist ein hübscher Anfang.»

«Ja, ich werde natürlich fortfahren, das nächstemal. Aber das richtige ist es noch nicht. Es muß auf einmal kommen, nicht tropfenweise.»

Er wollte sagen: «Dann müßten Sie auch nicht tropfenweise setzen, sondern alles auf einmal» — aber er stieß statt dessen mit ihr an, auf das große Glück, und lachte und plauderte weiter.

Wie war das Mädchen hübsch, gesund und einfach in seiner Freude! Vor einer Stunde noch hatte sie an den Spieltischen gestanden, streng, besorgt, faltig, böse, rechnend. Jetzt sah sie aus, als habe nie eine Sorge sie berührt, als wisse sie nichts von Geld, Spiel, Geschäften, als kenne sie nur Freude, Luxus und müheloses Schwimmen an der schillernden Oberfläche des Lebens. War das alles wahr, alles echt? Er selbst lachte ja auch, war ja auch vergnügt, warb ja auch um Freude und Liebe aus heitern Augen — und doch saß zugleich einer in ihm, der an das alles nicht glaubte, der dem allem mit Mißtrauen und mit Hohn zusah. War das bei andern Menschen anders? Ach, man wußte so wenig, so verzweifelt wenig von den Menschen! Hundert Jahreszahlen von lächerlichen Schlachten und Namen von lächerlichen alten Königen hatte man in den Schulen gelernt, und man las täglich Artikel über Steuern oder über den Balkan, aber vom Menschen wußte man nichts! Wenn eine Glocke nicht schellte, wenn ein Ofen rauchte, wenn ein Rad in einer Maschine stockte, so wußte man sogleich, wo zu suchen sei, und tat es mit Eifer, und fand den Schaden und wußte, wie er zu heilen war. Aber das Ding in uns, die geheime Feder, die allein dem Leben den Sinn gibt, das Ding in uns, das allein lebt, das allein fähig ist, Lust und Weh zu fühlen, Glück zu begehren, Glück zu erleben — das war unbekannt, von dem wußte man nichts, gar nichts, und wenn es krank wurde, so gab es keine Heilung. War es nicht wahnsinnig?

Während er mit Teresina trank und lachte, stiegen in andern Bezirken seiner Seele solche Fragen auf und nieder, dem Bewußtsein bald näher, bald ferner. Alles war zweifelhaft, alles schwamm im Ungewissen. Wenn er nur das Eine gewußt hätte: ob diese Unsicherheit, diese Not, diese Verzweiflung mitten in der Freude, dieses Denkenmüssen und Fragenmüssen auch in andern Menschen so war, oder nur in ihm allein, in dem Sonderling Klein?

Eines fand er, darin unterschied er sich von Teresina, darin war sie anders als er, war kindlich und primitiv gesund. Dies Mädchen rechnete, wie alle Menschen, und wie auch er selbst es früher getan hatte, immerzu instinktiv mit Zukunft, mit Morgen und Übermorgen, mit Fortdauer. Hätte sie sonst spielen und das Geld so ernst nehmen können? Und da, das fühlte er tief, da stand es bei ihm anders. Für ihn stand hinter jedem Gefühl und Gedanken das Tor offen, das ins Nichts führte. Wohl litt er an Angst, an Angst vor sehr vielem, vor dem Wahnsinn, vor der Polizei, der Schlaflosigkeit, auch an Angst vor dem Tod. Aber alles, wovor er Angst empfand, das begehrte und ersehnte er dennoch zugleich — er war voll brennender Sehnsucht und Neugierde nach Leid, nach Untergang, nach Verfolgung, nach Wahnsinn und Tod.

«Komische Welt», sagte er vor sich hin, und meinte damit nicht die Welt um ihn her, sondern dies innere Wesen. Plaudernd verließen sie den Saal und das Haus, kamen im blassen Laternenlicht an das schlafende Seeufer, wo sie ihren Bootsmann wecken mußten. Es dauerte eine Weile, bis das Boot abfahren konnte, und die beiden standen nebeneinander, plötzlich aus der Lichtfülle und farbigen Geselligkeit des Kasinos in die dunkle Stille des verlassenen nächtlichen Ufers verzaubert, das Lachen von drüben noch auf erhitzten Lippen und schon kühl berührt von Nacht, Schlafnähe und Furcht vor Einsamkeit. Sie fühlten beide dasselbe. Unversehens hielten sie sich bei den Händen, lächelten irr und verlegen in die Dunkelheit, spielten mit zuckenden Fingern einer auf Hand und Arm des andern. Der Bootsmann rief, sie stiegen ein, setzten sich in die Kabine, und mit heftigem Griff zog er den blonden schweren Kopf zu sich her und in die ausbrechende Glut seiner Küsse.

Zwischenein sich erwehrend, setzte sie sich aufrecht und fragte: «Werden wir wohl bald wieder hier herüber fahren?»

Mitten in der Liebeserregung mußte er heimlich lachen. Sie dachte bei allem noch ans Spiel, sie wollte wiederkommen und ihr Geschäft fortsetzen.

«Wann du willst», sagte er werbend, «morgen und übermorgen und jeden Tag, den du willst.»

Als er ihre Finger in seinem Nacken spielen fühlte, durchzuckte ihn Erinnerung an das furchtbare Gefühl im Traum, als das rächende Weib ihm die Nägel in den Hals krallte.

«Jetzt sollte sie mich plötzlich töten, das wäre das richtige», dachte er glühend — «oder ich sie.»

Ihre Brust mit tastender Hand umspannend lachte er leise vor sich hin. Unmöglich wäre es ihm gewesen, noch Lust und Weh zu unterscheiden. Auch seine Lust, seine hungrige Sehnsucht nach der Umarmung mit diesem schönen starken Weibe, war von Angst kaum zu unterscheiden, er ersehnte sie wie der Verurteilte das Beil. Beides war da, flammende Lust und trostlose Trauer, beides brannte, beides zuckte in fiebernden Sternen auf, beides wärmte, beides tötete.

Teresina entzog sich geschmeidig einer zu kühnen Lieb-kosung, hielt seine beiden Hände fest, brachte ihre Augen nah an seine und flüsterte wie abwesend: «Was bist du für ein Mensch, du? Warum liebe ich dich? Warum zieht mich etwas zu dir? Du bist schon alt und bist nicht schön — wie ist das? Höre, ich glaube doch, daß du ein Verbrecher bist. Bist du nicht einer? Ist dein Geld nicht gestohlen?»

Er suchte sich loszumachen: «Rede nicht, Teresina! Alles Geld ist gestohlen, alle Habe ist ungerecht. Ist denn das wichtig? Wir sind alle Sünder, wir sind alle Ver-brecher, nur schon weil wir leben. Ist denn das wichtig?»

«Ach, was ist wichtig?» zuckte sie auf.

«Wichtig ist, daß wir diesen Becher austrinken», sagte Klein langsam, «nichts anderes ist wichtig. Vielleicht kommt er nicht wieder. Willst du mit mir schlafen kom-men, oder darf ich mit zu dir gehen?»

«Komm zu mir», sagte sie leise. «Ich habe Angst vor dir, und doch muß ich bei dir sein. Sage mir dein Ge-heimnis nicht! Ich will nichts wissen!»

Das Abklingen des Motors weckte sie, sie riß sich los, strich sich klärend über Haar und Kleider. Das Boot lief leise an den Steg, Laternenlichter spiegelten splitternd im schwarzen Wasser. Sie stiegen aus.

«Halt, meine Tasche!» rief Teresina nach zehn Schrit-ten. Sie lief zum Steg zurück, sprang ins Boot, fand auf dem Polster die Tasche mit ihrem Geld liegen, warf dem mißtrauisch blickenden Fährmann einen der Scheine hin und lief Klein in die Arme, der sie am Kai erwartete.

5

Der Sommer hatte plötzlich begonnen, in zwei heißen Tagen hatte er die Welt verändert, die Wälder vertieft, die Nächte verzaubert. Heiß drängte sich Stunde an Stunde, schnell lief die Sonne ihren glühenden Halbkreis ab, schnell und hastig folgten ihr die Sterne, Lebensfieber glühte hoch, eine lautlose gierige Eile jagte die Welt.

Ein Abend kam, da wurde Teresinas Tanz im Kursaal durch ein rasend hertobendes Gewitter unterbrochen. Lampen erloschen, irre Gesichter grinsten sich im weißen Flackern der Blitze an, Weiber schrien, Kellner brüllten, Fenster zerklirrten im Sturm.

Klein hatte Teresina sofort zu sich an den Tisch gezogen, wo er neben dem alten Komiker saß.

«Herrlich!» sagte er. «Wir gehen. Du hast doch keine Angst?»

«Nein, nicht Angst. Aber du darfst heute nicht mit mir kommen. Du hast drei Nächte nicht geschlafen, und du siehst scheußlich aus. Bring mich nach Haus, und dann geh schlafen in dein Hotel! Nimm Veronal, wenn du es brauchst. Du lebst wie ein Selbstmörder.»

Sie gingen, Teresina im geborgten Mantel eines Kellners, mitten durch Sturm und Blitze und aufheulende Staubwirbel durch die leergefegten Straßen, hell und frohlockend knallten die prallen Donnerschläge durch die aufgewühlte Nacht, plötzlich brauste Regen los, auf dem Pflaster zerspritzend, voll und voller mit dem erlösenden Schluchzen wilder Güsse im dicken Sommerlaub.

Naß und durchschüttelt kamen sie in die Wohnung der Tänzerin, Klein ging nicht nach Hause, es wurde nicht mehr davon gesprochen. Aufatmend traten sie ins Schlafzimmer, taten lachend die durchnäßten Kleider ab, durchs Fenster schrillte grell das Licht der Blitze, in den Akazien wühlte Sturm und Regen sich müde.

«Wir waren noch nicht wieder in Castiglione», spottete Klein. «Wann gehen wir?»

«Wir werden wieder gehen, verlaß dich drauf. Hast du Langeweile?»

Er zog sie an sich, beide fieberten, und Nachglanz des Gewitters loderte in ihrer Liebkosung. In Stößen kam durchs Fenster die gekühlte Luft, mit bittrem Geruch von Laub und stumpfem Geruch von Erde. Aus dem Liebeskampf fielen sie beide schnell in Schlummer. Auf dem Kissen lag sein ausgehöhltes Gesicht neben ihrem frischen, sein dünnes trockenes Haar neben ihrem vollen blühenden. Vor dem Fenster glühte das Nachtgewitter in letzten Flammen auf, wurde müde und erlosch, der Sturm schlief ein, beruhigt rann ein stiller Regen in die Bäume.

Bald nach ein Uhr erwachte Klein, der keinen längern Schlaf mehr kannte, aus einem schweren schwülen Traumgewirre, mit wüstem Kopf und schmerzenden Augen. Regungslos lag er eine Weile, die Augen aufgerissen, sich besinnend, wo er sei. Es war Nacht, jemand atmete neben ihm, er war bei Teresina.

Langsam richtete er sich auf. Nun kamen die Qualen wieder, nun war ihm wieder beschieden, Stunde um Stunde zu liegen, Weh und Angst im Herzen, allein, nutzlose Leiden leiden, nutzlose Gedanken denken, nutzlose Sorgen sorgen. Aus dem Alpdrücken, das ihn geweckt hatte, krochen schwere fette Gefühle ihm nach, Ekel und Grauen, Übersättigung, Selbstverachtung.

Er tastete nach dem Licht und drehte an. Die kühle Helligkeit floß übers weiße Kissen, über die Stühle voll Kleider, schwarz hing das Fensterloch in der schmalen Wand. Über Teresinas abgewandtes Gesicht fiel Schatten, ihr Nacken und Haar glänzte hell.

So hatte er einst auch seine Frau zuweilen liegen sehen, auch neben ihr war er zuzeiten schlaflos gelegen, ihren Schlummer beneidend, von ihrem satten zufriedenen Atemholen wie verhöhnt. Nie, niemals war man von seinem Nächsten so ganz und gar, so vollkommen verlassen, als wenn er schlief! Und wieder, wie schon oft, fiel ihm das Bild des leidenden Jesus ein, im Garten Gethsemane, wo die Todesangst ihn ersticken will, seine Jünger aber schlafen, schlafen.

Leise zog er das Kissen mehr zu sich herüber, samt dem

schlafenden Kopf Teresinas. Nun sah er ihr Gesicht, im Schlaf so fremd, so ganz bei sich selbst, so ganz von ihm abgewandt. Eine Schulter und Brust lag bloß, unter dem Leintuch wölbte sich sanft ihr Leib bei jedem Atemzug. Komisch, fiel ihm ein, wie man in Liebesworten, in Gedichten, in Liebesbriefen immer und immer von den süßen Lippen und Wangen sprach, und nie von Bauch und Bein! Schwindel! Schwindel! Er betrachtete Teresina lang. Mit diesem schönen Leib, mit dieser Brust und diesen weißen, gesunden, starken, gepflegten Armen und Beinen würde sie ihn noch oft verlocken und ihn umschlingen und Lust von ihm nehmen und dann ruhen und schlafen, satt und tief, ohne Schmerzen, ohne Angst, ohne Ahnung, schön und stumpf und dumm wie ein gesundes schlafendes Tier. Und er würde neben ihr liegen, schlaflos, mit flackernden Nerven, das Herz voll Pein. Noch oft? Noch oft? Ach nein, nicht oft mehr, nicht viele Male mehr, vielleicht keinmal mehr! Er zuckte zusammen. Nein, er wußte es: keinmal mehr!

Stöhnend bohrte er den Daumen in seine Augenhöhle, wo zwischen Auge und Stirn diese teuflischen Schmerzen saßen. Gewiß hatte auch Wagner diese Schmerzen gehabt, der Lehrer Wagner. Er hatte sie gehabt, diese wahnsinnigen Schmerzen, gewiß jahrelang, und hatte sie getragen und erlitten, und sich dabei reifen und Gott näher kommen gemeint in seinen Qualen, seinen nutzlosen Qualen. Bis er eines Tages es nicht mehr ertragen konnte — so wie auch er, Klein, es nicht mehr ertragen konnte. Die Schmerzen waren ja das wenigste, aber die Gedanken, die Träume, das Alpdrücken! Da war Wagner eines Nachts aufgestanden und hatte gesehen, daß es keinen Sinn habe, noch mehr, noch viele solche Nächte voll Qual aneinander zu reihen, daß man dadurch nicht zu Gott komme, und hatte das Messer geholt. Es war vielleicht unnütz, es war vielleicht töricht und lächerlich von Wagner, daß er gemordet hatte. Wer seine Qualen nicht kannte, wer seine Pein nicht gelitten hatte, der konnte es ja nicht verstehen.

Er selbst hatte vor kurzem, in einem Traum, eine Frau mit dem Messer erstochen, weil ihr entstelltes Gesicht ihm unerträglich gewesen war. Entstellt war freilich jedes Gesicht, das man liebte, entstellt und grausam aufreizend, wenn es nicht mehr log, wenn es schwieg, wenn es schlief. Da sah man ihm auf den Grund und sah nichts von Liebe darin, wie man auch im eigenen Herzen nichts von Liebe fand, wenn man auf den Grund sah. Da war nur Lebensgier und Angst, und aus Angst, aus dummer Kinderangst vor der Kälte, vor dem Alleinsein, vor dem Tode floh man zueinander, küßte sich, umarmte sich, rieb Wange an Wange, legte Bein zu Bein, warf neue Menschen in die Welt. So war es. So war er einst zu seiner Frau gekommen. So war die Frau des Wirtes in einem Dorf zu ihm gekommen, einst, am Anfang seines jetzigen Weges, in einer kahlen steinernen Kammer, barfuß und schweigend, getrieben von Angst, von Lebensgier, von Trostbedürfnis. So war auch er zu Teresina gekommen, und sie zu ihm. Es war stets derselbe Trieb, dasselbe Begehren, dasselbe Mißverständnis. Es war auch stets dieselbe Enttäuschung, dasselbe grimme Leid. Man glaubte, Gott nah zu sein, und hielt ein Weib in den Armen. Man glaubte, Harmonie erreicht zu haben, und hatte nur seine Schuld und seinen Jammer weggewälzt, auf ein fernes zukünftiges Wesen! Ein Weib hielt man in den Armen, küßte ihren Mund, streichelte ihre Brust und zeugte mit ihr ein Kind, und einst würde das Kind, vom selben Schicksal ereilt, in einer Nacht ebenso neben einem Weibe liegen und ebenso aus dem Rausch erwachen und mit schmerzenden Augen in den Abgrund sehen, und das Ganze verfluchen. Unerträglich, das zu Ende zu denken!

Sehr aufmerksam betrachtete er das Gesicht der Schlafenden, die Schulter und Brust, das gelbe Haar. Das alles hatte ihn entzückt, hatte ihn getäuscht, hatte ihn verlockt, das alles hatte ihm Lust und Glück vorgelogen. Nun war es aus, nun wurde abgerechnet. Er war in das Theater Wagner eingetreten, er hatte erkannt, warum jedes Gesicht, sobald die Täuschung dahinfiel, so entstellt und unausstehlich war.

Klein stand vom Bett auf und ging auf die Suche nach einem Messer. Im Vorbeischleichen streifte er Teresinas lange hellbraune Strümpfe vom Stuhl — dabei fiel ihm blitzschnell ein, wie er sie das erste Mal gesehen, im Park, und wie von ihrem Gang und von ihrem Schuh und straffen Strumpf der erste Reiz ihm zugeflogen war. Er lachte leise, wie schadenfroh, und nahm Teresinas Kleider, Stück um Stück, in die Hand, befühlte sie und ließ sie zu Boden fallen. Dann suchte er weiter, dazwischen für Momente alles vergessend. Sein Hut lag auf dem Tisch, er nahm ihn gedankenlos in die Hände, drehte ihn, fühlte, daß er naß war, und setzte ihn auf. Beim Fenster blieb er stehen, sah in die Schwärze hinaus, hörte Regen singen, es klang wie aus verschollenen anderen Zeiten her. Was wollte das alles von ihm, Fenster, Nacht, Regen — was ging es ihn an, das alte Bilderbuch aus der Kinderzeit.

Plötzlich blieb er stehen. Er hatte ein Ding in die Hand genommen, das auf einem Tische lag, und sah es an. Es war ein silberner ovaler Handspiegel, und aus dem Spiegel schien ihm sein Gesicht entgegen, das Gesicht Wagners, ein irres verzogenes Gesicht mit tiefen schattigen Höhlen und zerstörten, zersprungenen Zügen. Das geschah ihm jetzt so merkwürdig oft, daß er sich unversehens in einem Spiegel sah, ihm schien, er habe früher jahrzehntelang nie in einen geblickt. Auch das, schien es, gehörte zum Theater Wagner.

Er blieb stehen und blickte lang in das Glas. Dies Gesicht des ehemaligen Friedrich Klein war fertig und verbraucht, es hatte ausgedient, Untergang schrie aus jeder Falte. Dies Gesicht mußte verschwinden, es mußte ausgelöscht werden. Es war sehr alt, dies Gesicht, viel hatte

sich in ihm gespiegelt, allzu viel, viel Lug und Trug, viel
Staub und Regen war darüber gegangen. Es war einmal
glatt und hübsch gewesen, er hatte es einst geliebt und
gepflegt und Freude daran gehabt, und hatte es oft auch
gehaßt. Warum? Beides war nicht mehr zu begreifen.

Und warum stand er jetzt da, nachts in diesem kleinen
fremden Zimmer, mit einem Glas in der Hand und einem
nassen Hut auf dem Kopf, ein seltsamer Hanswurst —
was war mit ihm? Was wollte er? Er setzte sich auf den
Tischrand. Was hatte er gewollt? Was suchte er? Er hatte
doch etwas gesucht, etwas sehr Wichtiges gesucht?

Ja, ein Messer.

Plötzlich ungeheuer erschüttert sprang er empor und
lief zum Bett. Er beugte sich über das Kissen, sah das
schlafende Mädchen im gelben Haare liegen. Sie lebte
noch! Er hatte es noch nicht getan! Grauen überfloß ihn
eisig. Mein Gott, nun war es da! Nun war es so weit,
und es geschah, was er schon immer und immer in seinen
furchtbarsten Stunden hatte kommen sehen. Nun war es
da. Nun stand er, Wagner, am Bett einer Schlafenden,
und suchte das Messer! — Nein, er wollte nicht. Nein, er
war nicht wahnsinnig! Gott sei Dank, er war nicht wahnsinnig! Nun war es gut.

Es kam Friede über ihn. Langsam zog er seine Kleider
an, die Hosen, den Rock, die Schuhe. Nun war es gut.

Als er nochmals zum Bett treten wollte, fühlte er
Weiches unter seinem Fuß. Da lagen Teresinas Kleider
am Boden, die Strümpfe, das hellgraue Kleid. Sorgfältig
hob er sie auf und legte sie über den Stuhl.

Er löschte das Licht und ging aus dem Zimmer. Vor
dem Hause troff Regen still und kühl, nirgends Licht,
nirgends ein Mensch, nirgends ein Laut, nur der Regen.
Er wandte das Gesicht nach oben und ließ sich den Regen
über Stirn und Wangen laufen. Kein Himmel zu finden.
Wie dunkel es war! Gern, gern hätte er einen Stern gesehen.

Ruhig ging er durch die Straßen, vom Regen durch-weicht. Kein Mensch, kein Hund begegnete ihm, die Welt war ausgestorben. Am Seeufer ging er von Boot zu Boot, sie waren alle hoch ans Land gezogen und stramm mit Ketten befestigt. Erst ganz in der Vorstadt außen fand er eins, das locker am Strick hing und sich lösen ließ. Das machte er los und hängte die Ruder ein. Schnell war das Ufer vergangen, es floß ins Grau hinweg wie nie ge-wesen, nur Grau und Schwarz und Regen war noch auf der Welt, grauer See, nasser See, grauer See, nasser Him-mel, alles ohne Ende.

Draußen, weit im See, zog er die Ruder ein. Es war nun so weit, und er war zufrieden. Früher hatte er, in den Augenblicken, wo Sterben ihm unvermeidlich schien, doch immer gern noch ein wenig gezögert, die Sache auf morgen verschoben, es erst noch einmal mit dem Weiter-leben probiert. Davon war nichts mehr da. Sein kleines Boot, das war er, das war sein kleines, umgrenztes, künst-lich versichertes Leben — rundum aber das weite Grau, das war die Welt, das war All und Gott, dahinein sich fallen zu lassen war nicht schwer, das war leicht, das war froh.

Er setzte sich auf den Rand des Bootes nach außen, die Füße hingen ins Wasser. Er neigte sich langsam vor, neigte sich vor, bis hinter ihm das Boot elastisch entglitt. Er war im All.

In die kleine Zahl von Augenblicken, welche er von da an noch lebte, war viel mehr Erlebnis gedrängt als in die vierzig Jahre, die er zuvor bis zu diesem Ziel unterwegs gewesen war.

Es begann damit: Im Moment, wo er fiel, wo er einen Blitz lang zwischen Bootsrand und Wasser schwebte, stellte sich ihm dar, daß er einen Selbstmord begehe, eine Kinderei, etwas zwar nicht Schlimmes, aber Komisches und ziemlich Törichtes. Das Pathos des Sterbenwollens und das Pathos des Sterbens selbst fiel in sich zusammen, es war nichts damit. Sein Sterben war nicht mehr notwendig, jetzt nicht mehr. Es war erwünscht, es war schön und willkommen, aber notwendig war es nicht mehr. Seit dem Moment, seit dem aufblitzenden Sekundenteil, wo er sich mit ganzem Wollen, mit ganzem Verzicht auf jedes Wollen, mit ganzer Hingabe hatte vom Bootsrand fallen lassen, in den Schoß der Mutter, in den Arm Gottes — seit diesem Augenblick hatte das Sterben keine Bedeutung mehr. Es war ja alles so einfach, es war ja alles so wunderbar leicht, es gab ja keine Abgründe, keine Schwierigkeiten mehr. Die ganze Kunst war: sich fallen lassen! Das leuchtete als Ergebnis seines Lebens hell durch sein ganzes Wesen: sich fallen lassen! Hatte man das einmal getan, hatte man einmal sich dahingegeben, sich anheimgestellt, sich ergeben, hatte man einmal auf alle Stützen und jeden festen Boden unter sich verzichtet, hörte man ganz und gar nur noch auf den Führer im eigenen Herzen, dann war alles gewonnen, dann war alles gut, keine Angst mehr, keine Gefahr mehr.

Dies war erreicht, dies Große, Einzige: er hatte sich fallen lassen! Daß er sich ins Wasser und in den Tod fallen ließ, wäre nicht notwendig gewesen, ebensogut hätte er sich ins Leben fallen lassen können. Aber daran lag nicht viel, wichtig war dies nicht. Er würde leben, er würde wieder kommen. Dann aber würde er keinen Selbstmord mehr brauchen und keinen von all diesen seltsamen Umwegen, keine von all diesen mühsamen und schmerzlichen Torheiten mehr, denn er würde die Angst überwunden haben.

Wunderbarer Gedanke: ein Leben ohne Angst! Die Angst überwinden, das war die Seligkeit, das war die Erlösung. Wie hatte er sein Leben lang Angst gelitten, und nun, wo der Tod ihn schon am Halse würgte, fühlte er nichts mehr davon, keine Angst, kein Grauen, nur Lächeln, nur Erlösung, nur Einverstandensein. Er wußte nun plötzlich, was Angst ist, und daß sie nur von dem überwunden werden kann, der sie erkannt hat. Man hatte vor tausend Dingen Angst, vor Schmerzen, vor Richtern, vor dem eigenen Herzen, man hatte Angst vor dem Schlaf, Angst vor dem Erwachen, vor dem Alleinsein, vor der Kälte, vor dem Wahnsinn, vor dem Tode — namentlich vor ihm, vor dem Tode. Aber all das waren nur Masken und Verkleidungen. In Wirklichkeit gab es nur eines, vor dem man Angst hatte: das Sichfallenlassen, den Schritt in das Ungewisse hinaus, den kleinen Schritt hinweg über all die Versicherungen, die es gab. Und wer sich einmal, ein einziges Mal hingegeben hatte, wer einmal das große Vertrauen geübt und sich dem Schicksal anvertraut hatte, der war befreit. Er gehorchte nicht mehr den Erdgesetzen, er war in den Weltraum gefallen und schwang im Reigen der Gestirne mit. So war das. Es war so einfach, jedes Kind konnte das verstehen, konnte das wissen.

Er dachte dies nicht, wie man Gedanken denkt, er lebte, fühlte, tastete, roch und schmeckte es. Er schmeckte, roch, sah und verstand, was Leben war. Er sah die Erschaffung der Welt, er sah den Untergang der Welt, beide wie zwei Heerzüge beständig gegeneinander in Bewegung, nie vollendet, ewig unterwegs. Die Welt wurde immerfort geboren, sie starb immerfort. Jedes Leben war ein Atemzug, von Gott ausgestoßen. Jedes Sterben war ein Atemzug, von Gott eingesogen. Wer gelernt hatte, nicht zu widerstreben, sich fallen zu lassen, der starb leicht, der wurde leicht geboren. Wer widerstrebte, der litt Angst, der starb schwer, der wurde ungern geboren.

Im grauen Regendunkel über dem Nachtsee sah der Untersinkende das Spiel der Welt gespiegelt und dargestellt: Sonnen und Sterne rollten herauf, rollten hinab, Chöre von Menschen und Tieren, Geistern und Engeln standen gegeneinander, sangen, schwiegen, schrien, Züge von Wesen zogen gegeneinander, jedes sich selbst mißkennend, sich selbst hassend, und sich in jedem andern Wesen hassend und verfolgend. Ihrer aller Sehnsucht war nach Tod, war nach Ruhe, ihr Ziel war Gott, war die

Wiederkehr zu Gott und das Bleiben in Gott. Dies Ziel schuf Angst, denn es war ein Irrtum. Es gab kein Bleiben in Gott! Es gab keine Ruhe! Es gab nur das ewige, ewige, herrliche, heilige Ausgeatmetwerden und Eingeatmetwerden, Gestaltung und Auflösung, Geburt und Tod, Auszug und Wiederkehr, ohne Pause, ohne Ende. Und darum gab es nur Eine Kunst, nur Eine Lehre, nur Ein Geheimnis: sich fallen lassen, sich nicht gegen Gottes Willen sträuben, sich an nichts klammern, nicht an Gut noch Böse. Dann war man erlöst, dann war man frei von Leid, frei von Angst, nur dann.

Sein Leben lag vor ihm wie ein Land mit Wäldern, Talschaften und Dörfern, das man vom Kamm eines hohen Gebirges übersieht. Alles war gut gewesen, einfach und gut gewesen, und alles war durch seine Angst, durch sein Sträuben zu Qual und Verwicklung, zu schauerlichen Knäueln und Krämpfen von Jammer und Elend geworden! Es gab keine Frau, ohne die man nicht leben konnte — und es gab auch keine Frau, mit der man nicht hätte leben können. Es gab kein Ding in der Welt, das nicht ebenso schön, ebenso begehrenswert, ebenso beglückend war wie sein Gegenteil! Es war selig zu leben, es war selig zu sterben, sobald man allein im Weltraum hing. Ruhe von außen gab es nicht, keine Ruhe im Friedhof, keine Ruhe in Gott, kein Zauber unterbrach je die ewige Kette der Geburten, die unendliche Reihe der Atemzüge Gottes. Aber es gab eine andere Ruhe, im eigenen Innern zu finden. Sie hieß: Laß dich fallen! Wehre dich nicht! Stirb gern! Lebe gern!

Alle Gestalten seines Lebens waren bei ihm, alle Gesichter seiner Liebe, alle Wechsel seines Leidens. Seine Frau war rein und ohne Schuld wie er selbst, Teresina lächelte kindlich her. Der Mörder Wagner, dessen Schatten so breit über Kleins Leben gefallen war, lächelte ihm ernst ins Gesicht, und sein Lächeln erzählte, daß auch Wagners Tat ein Weg zur Erlösung gewesen war, auch sie ein

Atemzug, auch sie ein Symbol, und daß auch Mord und Blut und Scheußlichkeit nicht Dinge sind, welche wahrhaft existieren, sondern nur Wertungen unsrer eigenen, selbstquälerischen Seele. Mit dem Morde Wagners hatte er, Klein, Jahre seines Lebens hingebracht, in Verwerfen und Billigen, Verurteilen und Bewundern, Verabscheuen und Nachahmen hatte er sich aus diesem Morde unendliche Ketten von Qualen, von Ängsten, von Elend geschaffen. Er hatte hundertmal voll Angst seinem eigenen Tode beigewohnt, er hatte sich auf dem Schafott sterben sehen, er hatte den Schnitt des Rasiermessers durch seinen Hals gefühlt und die Kugel in seiner Schläfe — und nun, da er den gefürchteten Tod wirklich starb, war es so leicht, war es so einfach, war es Freude und Triumph! Nichts in der Welt war zu fürchten, nichts war schrecklich — nur im Wahn machten wir uns all diese Furcht, all dies Leid, nur in unsrer eignen, geängsteten Seele entstand Gut und Böse, Wert und Unwert, Begehren und Furcht.

Die Gestalt Wagners versank weit in der Ferne. Er war nicht Wagner, nicht mehr, es gab keinen Wagner, das alles war Täuschung gewesen. Nun, mochte Wagner sterben! Er, Klein, würde leben.

Wasser floß ihm in den Mund, und er trank. Von allen Seiten, durch alle Sinne floß Wasser herein, alles löste sich auf. Er wurde angesogen, er wurde eingeatmet. Neben ihm, an ihn gedrängt, so eng beisammen wie die Tropfen im Wasser, schwammen andere Menschen, schwamm Teresina, schwamm der alte Sänger, schwamm seine einstige Frau, sein Vater, seine Mutter und Schwester, und tausend, tausend, tausend andre Menschen, und auch Bilder und Häuser, Tizians Venus und das Münster von Straßburg, alles schwamm, eng aneinander, in einem ungeheuren Strom dahin, von Notwendigkeit getrieben, rasch und rascher, rasend — und diesem ungeheuern, rasenden Riesenstrom der Gestaltungen kam ein anderer Strom entgegen, ungeheuer, rasend, ein Strom von Ge-

sichtern, Beinen, Bäuchen, von Tieren, Blumen, Gedanken, Morden, Selbstmorden, geschriebenen Büchern, ge-
weinten Tränen, dicht, dicht, voll, voll, Kinderaugen und
schwarze Locken und Fischköpfe, ein Weib mit langem
starrem Messer im blutigen Bauch, ein junger Mensch,
ihm selbst ähnlich, das Gesicht voll heiliger Leidenschaft,
das war er selbst, zwanzigjährig, jener verschollene Klein
von damals! Wie gut, daß auch diese Erkenntnis nun zu
ihm kam: daß es keine Zeit gab! Das einzige, was zwischen Alter und Jugend, zwischen Babylon und Berlin,
zwischen Gut und Böse, Geben und Nehmen stand, das
einzige, was die Welt mit Unterschieden, Wertungen,
Leid, Streit, Krieg erfüllte, war der Menschengeist, der
junge ungestüme und grausame Menschengeist im Zustand
der tobenden Jugend, noch fern vom Wissen, noch weit
von Gott. Er erfand Gegensätze, er erfand Namen.
Dinge nannte er schön, Dinge häßlich, diese gut, diese
schlecht. Ein Stück Leben wurde Liebe genannt, ein andres
Mord. So war dieser Geist, jung, töricht, komisch. Eine
seiner Erfindungen war die Zeit. Eine feine Erfindung,
ein raffiniertes Instrument, sich noch inniger zu quälen
und die Welt vielfach und schwierig zu machen! Von
allem, was der Mensch begehrte, war er immer nur durch
Zeit getrennt, nur durch diese Zeit, diese tolle Erfindung!
Sie war eine der Stützen, eine der Krücken, die man vor
allem fahren lassen mußte, wenn man frei werden wollte.

Weiter quoll der Weltstrom der Gestaltungen, der von
Gott eingesogene, und der andere, ihm entgegen, der aus-
geatmete. Klein sah Wesen, die sich dem Strom wider-
setzten, die sich unter furchtbaren Krämpfen aufbäumten
und sich grauenhafte Qualen schufen: Helden, Verbrecher,
Wahnsinnige, Denker, Liebende, Religiöse. Andre sah er,
gleich ihm selbst, rasch und leicht in inniger Wollust der
Hingabe, des Einverstandenseins dahingetrieben, Selige
wie er. Aus dem Gesang der Seligen und aus dem endlosen
Qualschrei der Unseligen baute sich über den beiden

Weltströmen eine durchsichtige Kugel oder Kuppel aus Tönen, ein Dom von Musik, in dessen Mitte saß Gott, saß ein heller, vor Helle unsichtbarer Glanzstern, ein Inbegriff von Licht, umbraust von der Musik der Weltchöre, in ewiger Brandung.

Helden und Denker traten aus dem Weltstrom, Propheten, Verkünder. «Siehe, das ist Gott der Herr, und sein Weg führt zum Frieden», rief einer, und viele folgten ihm. Ein andrer verkündete, daß Gottes Bahn zum Kampf und Kriege führe. Einer nannte ihn Licht, einer nannte ihn Nacht, einer Vater, einer Mutter. Einer pries ihn als Ruhe, einer als Bewegung, als Feuer, als Kühle, als Richter, als Tröster, als Schöpfer, als Vernichter, als Verzeiher, als Rächer. Gott selbst nannte sich nicht. Er wollte genannt, er wollte geliebt, er wollte gepriesen, verflucht, gehaßt, angebetet sein, denn die Musik der Weltchöre war sein Gotteshaus und war sein Leben — aber es galt ihm gleich, mit welchen Namen man ihn pries, ob man ihn liebte oder haßte, ob man bei ihm Ruhe und Schlaf, oder Tanz und Raserei suchte. Jeder konnte suchen. Jeder konnte finden.

Jetzt vernahm Klein seine eigene Stimme. Er sang. Mit einer neuen, gewaltigen, hellen, hallenden Stimme sang er laut, sang er laut und hallend Gottes Lob, Gottes Preis. Er sang im rasenden Dahinschwimmen, inmitten der Millionen Geschöpfe, ein Prophet und Verkünder. Laut schallte sein Lied, hoch stieg das Gewölbe der Töne auf, strahlend saß Gott im Innern. Ungeheuer brausten die Ströme hin.

Zeittafel

1877 geboren am 2. Juli in Calw/Württemberg
1892 Flucht aus dem evgl.-theol. Seminar in Maulbronn
1899 »Romantische Lieder«, »Hermann Lauscher«
1904 »Peter Camenzind«, Ehe mit Maria Bernoulli
1906 »Unterm Rad«, Mitherausgeber der antiwilhelminischen Zeitschrift »März« (München)
1907 »Diesseits«, Erzählungen
1908 »Nachbarn«, Erzählungen
1910 »Gertrud«
1911 Indienreise
1912 »Umwege«, Erzählungen, Hesse verläßt Deutschland und übersiedelt nach Bern
1913 »Aus Indien«, Aufzeichnungen von einer indischen Reise
1914 »Roßhalde«, bis 1919 im Dienst der »Deutschen Kriegsgefangenenfürsorge, Bern«
       Herausgeber der »Deutschen Interniertenzeitung«, der »Bücher für deutsche Kriegsgefangene« und des »Sonntagsboten für deutsche Kriegsgefangene«
1915 »Knulp«
1919 »Demian«, »Märchen«, »Zarathustras Wiederkehr«
       Gründung und Herausgabe der Zeitschrift »Vivos voco«, ›Für neues Deutschtum‹. (Leipzig, Bern)
1920 »Klingsors letzter Sommer«, »Wanderung«
1922 »Siddhartha«
1924 Hesse wird Schweizer Staatsbürger
1924 Ehe mit Ruth Wenger
1925 »Kurgast«
1926 »Bilderbuch«
1927 »Die Nürnberger Reise«, »Der Steppenwolf«
1928 »Betrachtungen«
1929 »Eine Bibliothek der Weltliteratur«
1930 »Narziß und Goldmund«
       Austritt aus der »Preußischen Akademie der Künste«, Sektion Sprache und Dichtung
1931 Ehe mit Ninon Dolbin geb. Ausländer
1932 »Die Morgenlandfahrt«
1937 »Gedenkblätter«
1942 »Gedichte«
1943 »Das Glasperlenspiel«
1945 »Traumfährte«, Erzählungen und Märchen

Hermann Hesse
Werkausgabe edition suhrkamp
Gesammelte Werke in zwölf Bänden
2. Auflage 1972.
6100 S., leinenkaschiert, DM 84.–

»Nie zuvor bin ich auf die Idee gekommen, zwölfbändige
Werke zu verschenken.« *Klaus Mehnert*

»Hermann Hesse: ›Schriften zur Literatur‹ Hier sind die
Schlüsselworte für Hesses heutige Renaissance zu finden –
brisante, soziologisch brisante –, hier kann wirkliches Verständnis für das literarische Werk gefunden werden, hier ist
Zeitgeschichte anzutreffen, die auch der Stand der Politologen
sich zu Gemüte führen sollte.«

Die Presse, Wien

Hermann Hesse
in den suhrkamp taschenbüchern

Lektüre für Minuten. Gedanken aus seinen Büchern und Briefen.
Ausgewählt von Volker Michels
Band 7, 240 S., 65. Tsd. 1972

Unterm Rad
Erzählung
Band 53, 420 S., 45. Tsd. 1972

Materialien zu Hermann Hesses »Der Steppenwolf«,
Herausgegeben von Volker Michels
Band 53, 380 S., 20. Tsd. 1972

Das Glasperlenspiel
Band 79, ca. 800 S., 45. Tsd. 1972

Materialien zu Hermann Hesses »Das Glasperlenspiel«,
Teil I:
Texte von Hermann Hesse
Herausgegeben von Volker Michels
Band 80, ca. 380 S., 20. Tsd. 1973

Die Kunst des Müßiggangs
Kurzprosa aus dem Nachlaß
Herausgegeben von Volker Michels
Band 100, ca. 420 S., 1973

Klein und Wagner
Erzählung
Band 116, 112 S.

Hermann Hesse – Langspiel-Sprechplatte, 33 cm/60 Min.
Spieldauer; zusammengestellt von Volker Michels; 2. Auflage
1972; DM 22.

Seite A:
Hermann Hesse liest *Über das Glück* und die Gedichte
*Im Nebel; Vergänglichkeit; Stufen; Mittag im September;
Alle Tode; In Sand geschrieben; Regen im Herbst.*

Seite B:
Gert Westphal liest *Aus einem Brief des 15-jährigen Hesse an
seine Eltern;* Prosa aus *Klingsors letzter Sommer* und Gedichte aus *Krisis.*

Überraschend fanden sich Tondokumente von Hermann Hesse,
die lange Zeit für verloren galten. In den 1949, 1953 und
1954 auf Band gesprochenen Aufnahmen liest der über Sieb-
zigjährige einige seiner schönsten und volkstümlichsten Gedichte, und, als charakteristische Probe seiner Altersprosa,
eine konzentrierte Fassung seiner Betrachtung ›Glück‹. So wird
es dem Leser möglich, auch akustisch Hesses Spannung ›zwischen dem Bewahrenden und dem Verwegenen‹ – wie es
Th. W. Adorno einmal formuliert hat – zu erleben.
Hesses Schriften sind Selbstportraits, sie sind Protokolle der
Entwicklungen und Metamorphosen eines komplizierten und
konzessionslosen Individualisten. Während die vom Autor
selbst gesprochenen Texte nicht so sehr die Konflikte, sondern
deren Ergebnisse zeigen, dokumentiert die Rückseite dieser
Schallplatte die Gegenprobe. Mit typischen Texten des immer
wieder aufbegehrenden, des unbequemen und rebellischen
Outsiders belegt sie die Entwicklung und Authentizität dieser
Ergebnisse. Vom Brief des 15jährigen, den seine Eltern nach
der Flucht aus dem Theologieseminar und nach einem miß-
glückten Selbstmordversuch in eine Heilanstalt gegeben hatten,
über ›Klingsors letzter Sommer‹ bis zu den ›Krisis‹-Gedichten
des ›Steppenwolf‹ führt eine durchgehende Linie. Durch diese,
von Gert Westphal kongenial vorgetragenen Texte wird die
spontane Identifizierung einer neuen Lesergeneration mit
Hermann Hesse nachvollziehbar.

st 94 Martin Walser
Halbzeit. Roman
2 Bände
insgesamt 912 Seiten
Bei seinem Erscheinen 1960 erregte der Roman *Halbzeit* die Gemüter. Heute wird immer deutlicher, wie sehr Reinhard Baumgarts Urteil zutrifft: »ein Buch, das reicher wäre an Ansichten von unserer Wohlstandsgesellschaft, ist in Deutschland noch nicht geschrieben worden.«

st 95 Karl Krolow
Ein Gedicht entsteht
ca. 160 Seiten
Karl Krolow hat in diesem Band Aufsätze zusammengestellt, die Einblick gewähren in seine literarische Werkstatt. In didaktischer Absicht werden so Hinweise gegeben, wie heute Gedichte entstehen und wie sie zu verstehen sind. Eigeninterpretationen werden dabei mit Analysen von Fachgermanisten konfrontiert und ergänzt. Auf diese Weise enthält das Buch Materialien zu einem Selbstporträt, in denen Karl Krolow seine ästhetische Herkunft und Position bestimmt.

st 97/98 **Knut Ewald**
Innere Medizin
ist das auf dem aktuellsten Stand befindliche, derzeit erhältliche Kompendium der Inneren Medizin. Als über-

sichtliches – den ganzen Stoff der Inneren Medizin stichwortartig resümierendes – Nachschlagwerk ist es das ideale Handbuch für alle Studierenden, Ärzte und interessierte Laien. Ein umfangreiches Sachwortverzeichnis ermöglicht eine rasche Orientierung.

st 99 Ödön von Horváth
Ein Kind unserer Zeit. Roman
128 Seiten
In seinem letzten, 1937 geschriebenen Roman *Ein Kind unserer Zeit* versetzt sich Ödön von Horváth in die Lage eines Soldaten, eines typischen Mediums seiner »Großen Zeit«, und läßt ihn arglos daherschwadronieren. Dieser makabre Monolog, der in dummdreister Einfalt das ganze Arsenal der Phrasen und unmenschlichen Parolen eines militanten Nationalismus rekapituliert und ad absurdum führt, ist eine der gekonntesten und erbarmungslosesten sozialkritischen Parodien der deutschen Literatur.

st 100 Hermann Hesse
Die Kunst des Müßiggangs
Kurzprosa aus dem Nachlaß
Herausgegeben von Volker Michels
368 Seiten
Die Kunst des Müßiggangs ist der Titel der ersten, 1904 entstandenen Betrachtung dieser Sammlung, die über 50 in Buchform noch unpublizierte Kurzprosastücke aus fünf Jahrzehnten enthält. Das thematische Spektrum reicht bis hin zur Parodie des naiven Rationalismus einer Leistungsgesellschaft, »welche den Erfindern des Atom-Nußknackers Ruhmeskränze flicht und den Andrang des Publikums zu den Sonntagsfahrten auf den Saturn nur noch mit Hilfe großer Polizeiaufgebote bändigen kann«.

st 101 Peter Handke
Stücke 2
192 Seiten
Der Band *Stücke 2* enthält das stumme Spiel *Das Mündel will Vormund sein*, in dem sich durch genau festgelegte Bewegungsabläufe die Abrichtung eines Menschen vollzieht; das Party-Spiel *Quodlibet* mit den »Figuren des Welt-Theaters«; und das Stück *Der Ritt über den Bodensee*, das Sprechstück und Pantomime in eins ist, ein Lehrstück mit Lustspielcharakter.

st 102 Werner Fuchs
Todesbilder in der modernen Gesellschaft
240 Seiten
Dieses Buch behandelt die widersprüchliche Einstellung
des heutigen Menschen zum Tode im Spannungsfeld zwischen archaischen und rationalen Orientierungen und
zeigt, durch welche Mechanismen Relikte magisch-reli-
giöser Todesbilder tradiert werden, welche Institutionen
ihr Weiterleben garantieren, welche gesellschaftlichen
Faktoren es verhindern, daß sich die Idee des natürlichen
Todes allgemein durchsetzt und realisiert: politische und
soziale Gewalt.

st 103 Noam Chomsky
Kambodscha, Laos, Nordvietnam
Im Krieg mit Asien II
Aus dem Amerikanischen übersetzt von Jürgen Behrens
256 Seiten
Noam Chomsky, der Begründer der Generativen Grammatik, erregte weltweites Aufsehen durch sein kom-
promißloses Engagement gegen den Krieg der Vereinigten Staaten in Indochina. In seinem neuesten Buch *Im
Krieg mit Asien,* dessen erster Teil als st 32 unter dem
Titel *Indochina und die amerikanische Krise* erschien,
legt Chomsky seine totale Verurteilung der amerikanischen Indochinapolitik dar. Dieser zweite Band enthält
am Ende eine vollständige Literaturliste der zitierten
Arbeiten und damit zugleich eine der wahrscheinlich um-
fassendsten amerikanischen Bibliographien zum Viet-
namkrieg.

st 104   Materialien zu Samuel Becketts »Warten auf
Godot«
Zusammengestellt und übersetzt von Ursula Dreysse
192 Seiten
Diese Sammlung von Aufsätzen will eine Lese- und Ver-
ständnishilfe sein für eines der Schlüsselwerke der moder-
nen Literatur, mit dem zugleich eine Revolutionierung des
Theaters begann: Samuel Becketts *Warten auf Godot.*
Sie enthält sowohl allgemein einführende Arbeiten, die
einen ersten Zugang zu diesem Stück erleichtern, als auch
einige Studien zu Spezialproblemen, die dessen innere
Struktur oder einzelne Figuren verdeutlichen.

st 105 Max Frisch
Stiller. Roman
448 Seiten
»Frisch hat sich durch diese Form, die gleichzeitig Handlung, gleichzeitig Problematik selbst ist, in einen andern verwandelt, der nun erzählt, nicht von Stiller zuerst, sondern von sich, von White eben, für den Stiller der andere ist ... Gerade durch diese Romanform wird so Selbstdarstellung möglich, gesetzt – und das ist nun wichtig, entscheidend –, der Leser mache auch mit, spiele mit. Ohne Mitmachen ist der *Stiller* weder zu lesen noch zu begreifen.«   Friedrich Dürrenmatt

st 107 Theodor W. Adorno
Studien zum autoritären Charakter
Aus dem Amerikanischen von Milli Weinbrenner
Mit einer Vorrede von Ludwig von Friedeburg
ca. 464 Seiten
In den vierziger Jahren unternahm das in die USA emigrierte Institut für Sozialforschung eine empirische Untersuchung über die Frage, welche menschlichen Kräfte mobilisiert werden, wenn faschistische Bewegungen erheblichen Umfang annehmen. Die Ergebnisse erschienen 1949–1950 in dem fünfbändigen Kollektivwerk *Studies in Prejudice.* Der vorliegende Band enthält die Beiträge, die Adorno u. a. für den Band *The Authoritarian Personality* schrieben.

st 109 Wolfgang Döring
Perspektiven einer Architektur
Mit zahlreichen Abbildungen
128 Seiten
Architektur als Manifestation der Pausen kultureller Entwicklung oder als Momentaufnahmen unseres Zivilisationsprozesses? Zu dieser Alternative nimmt Wolfgang Döring, einer der herausragenden und progressiven Architekten der deutschen Nachkriegszeit, Stellung.

st 111 Freisprüche. Revolutionäre vor Gericht
Herausgegeben von H. M. Enzensberger
496 Seiten
Die Auswahl beginnt mit Babeuf, in dem man den ersten Kommunisten sehen kann, und endet mit Kurón und

Modszelewski, zwei jungen Polen. Die beiden Grenzfälle des Buches signalisieren den Eintritt der bürgerlichen wie den der sozialistischen Revolution in eine reaktionäre Phase. Das Buch handelt also im wesentlichen vom revolutionären Kampf gegen die Bourgeoisie. Klassiker und Vergessene stehen nebeneinander: neben Marx, Bakunin, Liebknecht, Trotzki, Rosa Luxemburg und Dimitroff finden sich Namen wie Auguste Blanqui, Vera Figner, August Spies, Amadeo Bordiga und andere. Jedes Plädoyer ist mit einem historischen Kommentar versehen. Ein Essay des Herausgebers beschließt den Band.

st 112 Marguerite Duras
Hiroshima mon amour. Filmnovelle
Deutsch von Walter Maria Guggenheimer
Mit Fotos aus dem Film
128 Seiten
Marguerite Duras wurde weltberühmt durch ihren Film *Hiroshima mon amour*. Dieser Film zeigt den hartnäckigen, aber immer wieder scheiternden Versuch eines Japaners und einer Französin, der Katastrophe von Hiroshima die Liebe zweier Menschen entgegenzusetzen, die der Hölle des Zweiten Weltkriegs entkommen sind. Unsere Ausgabe enthält das Exposé, die Filmnovelle und Notizen.

st 116 Hermann Hesse
Klein und Wagner. Novelle
112 Seiten
Die Novelle *Klein und Wagner* ist einer der Höhepunkte der Prosa Hermann Hesses. Friedrich Klein, der ehrbare Beamte, treusorgende Ehegatte und Familienvater, durchbricht plötzlich, belastet mit einem imaginären Verbrechen, dem vierfachen Mord an Frau und Kindern, mit falschem Paß, einem Revolver und unterschlagenem Geld, seine hausbackene Respektabilität. Die Figur des Beamten Klein mit dem beziehungsreichen Decknamen Wagner ist eine frühe Inkarnation von Hesses Steppenwolf.

st 127 Hans Fallada
Tankred Dorst
Kleiner Mann – was nun?
Eine Revue von Tankred Dorst und Peter Zadek
ca. 200 Seiten
Tankred Dorst hat Hans Falladas 1932 erschienenen

Roman »Kleiner Mann – was nun?« dramatisiert, der zu einem der größten Bucherfolge seiner Zeit wurde. In der Geschichte des kleinen Angestellten Pinneberg und der Arbeitertochter Lämmchen in den Jahren der großen Arbeitslosigkeit erkannten Hunderttausende ihre eigene Geschichte, ihren Alltag, ihre Welt. Die Dramatisierung von Tankred Dorst wurde für die Neueröffnung der Städtischen Bühnen Bochum unter der Leitung von Peter Zadek vorgenommen.

st 150 Zur Aktualität Walter Benjamins
Aus Anlaß des 80. Geburtstags von Walter Benjamin herausgegeben von Siegfried Unseld
288 Seiten
Der vorliegende Band »Zur Aktualität Walter Benjamins« nimmt wichtige, hier erstmals publizierte Abhandlungen auf, die aus diesem Anlaß geschrieben worden sind, und Texte von Walter Benjamin, seine »Lehre vom Ähnlichen«, eine umfangreiche Variante der Arbeit »Über das mimetische Vermögen«, den autobiographisch bedeutenden Text »Agesilaus Santander«, den Briefwechsel mit Bertolt Brecht und drei Lebensläufe, deren letzter kurz vor seinem Tod geschrieben wurde.

st 151 Hermann Broch
Barbara und andere Novellen
384 Seiten
Dieser Band legt eine Sammlung von 13 Novellen vor, die besten aus Brochs Gesamtwerk. Die früheste, *Eine methodologische Novelle*, wurde 1917 geschrieben, die späteste, *Die Erzählung der Magd Zerline*, 1949. Die Besonderheit dieser Sammlung besteht in der erstmaligen Präsentation aller vorhandenen Tierkreisnovellen in ihrer Ursprungsfassung.